Le quartier de Bacalan autrefois, DR.

En première page :
La partie sud de la Cité lumineuse et, au fond, la rue Achard, DR.

Hervé Le Corre est né en 1955. Son premier roman, *La Douleur des morts*, paraît en 1990. *Les Cœurs déchiquetés* (2009) et *Après la guerre* (2014) remportent de nombreux prix : prix Mystère, prix du Roman noir Nouvel Obs/Bibliobs, Grand Prix de littérature policière, prix Le Point du polar européen, prix Landernau, prix Michel-Lebrun, Meilleur Polar de l'année 2014 du palmarès Lire. Ils font d'Hervé Le Corre l'un des auteurs français de romans noirs les plus primés. Amoureux des lettres, il poursuit sa carrière de professeur de littérature dans la région bordelaise.

DU MÊME AUTEUR

La Douleur des morts
Gallimard, 1990

Du sable dans la bouche
Gallimard, 1993
Rivages, 2016

Copyright
Gallimard, 2001

L'homme aux lèvres de saphir
Rivages, 2004

Tango parano
Éditions In8, 2005
et « Points Policier », n° P4334

Les Cœurs déchiquetés
Rivages, 2009
et « Rivages-Noir », n° 878

Après la guerre
Rivages, 2014
et « Rivages-Noir », n° 983

Prendre les loups pour des chiens
Rivages, 2017
et « Rivages-Noir », n° 1055

Dans l'ombre du brasier
Rivages, 2019

Hervé Le Corre

LES EFFARÉS

ROMAN

L'Éveilleur

TEXTE INTÉGRAL

ISBN 978-2-7578-8010-4
(ISBN 979-10-96011-31-5, 1re publication)

Préface

Les Effarés paraissent en 1996 dans la « Série Noire », alors qu'à Bordeaux bruissent encore les fracas des manifestations de l'hiver 1995-1996. C'est aussi la première année du mandat d'Alain Juppé comme édile de la « Belle Endormie », auréolé de son passage comme Premier Ministre du premier gouvernement Chirac.

On se souviendra donc des *Effarés* comme d'une sorte de chant du cygne des dernières années des quarante-sept ans de mandature de Jacques Chaban-Delmas.

La politique municipale, sous l'égide d'une droite triomphante et dynamique, s'est caractérisée, dans les années 1960-1970, par de grands projets d'urbanisme, tels que la rénovation du quartier Mériadeck, la construction de la Cité lumineuse à Bacalan (1960) et du pont d'Aquitaine (1960-1967), ou encore le démantèlement du tramway *(sic)*. Toutes ces innovations, conséquence des Trente Glorieuses où l'économie s'impose comme moteur de la société, ont pour objectif l'amélioration du quotidien et, plus généralement, de la vie dans la cité. Durant les dix dernières années du règne de Jacques Chaban-Delmas, une sorte de bonhomie paternaliste et de retour en arrière semble prendre le dessus. Plus aucun grand projet d'aménagement du territoire municipal ne voit le jour. Comme pour souligner ce flottement, la décision de détruire la Cité lumineuse, symbole du quartier Bacalan, bastion d'habitat populaire, est prise. La présence d'amiante dans cet immeuble entraîne sa destruction (diffusée en direct à la télévision). La méthode utilisée, l'implosion, marquera spectaculairement les esprits.

C'est dans ce contexte que prend corps *Les Effarés*, le troisième roman d'Hervé Le Corre. Sa personnalité d'écrivain y est déjà fortement tangible : les influences de Manchette ou Jonquet sont toujours très prégnantes (le style est sec et direct). Un virage plus ample débutera avec l'écriture, quelques années plus tard, de *L'Homme aux lèvres de saphir* (Rivage Noir, 2004), son premier roman à contexte historique (la disparition de Lautréamont et la Commune de Paris) et qui se déroule loin de la Gironde.

Les Effarés est bien ancré entre Bordeaux et la Garonne : ce roman polyphonique met en scène plusieurs groupes de personnages, dont trois amis qui réussissent à squatter un appartement vide (et censément clos) de la Cité lumineuse, des braqueurs de camions (du matériel hi-fi) à la main lourde et aux regards fous, ainsi qu'une femme policière qui devra démêler tout cet écheveau. Signalons l'originalité de ce personnage dans l'œuvre romanesque d'Hervé le Corre, qui nous a habitués, et le fera encore, à des figures féminines très fortes, très droites mais très rarement épargnées par la vie (la femme du flic corrompu dans *Après la guerre*, par exemple). Ici, elle semble pouvoir gouverner son destin et son enquête, même si, dans un milieu policier encore très masculin, ses collègues sont plus intéressés par sa plastique que par ses compétences de limier.

Au centre de ce roman, se dresse la Cité lumineuse : entité à part entière et symbole de l'avenir de la ville et des personnages subtilement construits de ce roman. C'est ici que vont se fracasser leurs destins et leurs idéaux. Les conséquences de la destruction de ce lieu de vie seront terribles pour les personnages. Ils seront comme broyés et contaminés par la masse de béton et d'amiante. La destruction de cet ensemble architectural illustre sans doute la vacuité des utopies urbaines de l'après-guerre. La disparition de ce bâtiment, fleuron du quartier de Bacalan, initie l'effacement progressif de la présence des classes populaires de l'histoire et de la géographie de la ville de Bordeaux.

Ce livre, quant à lui, installe définitivement Hervé Le Corre dans le paysage du roman noir français et comme l'une des voix romanesques des oubliés de ce monde.

OLIVIER PÈNE

1

Mai appuie sur les êtres humains, les bêtes et les choses avec ses doigts brûlants comme pour en extraire, avec un entêtement bleu, toute ombre de fraîcheur. Le printemps sera chaud, prophétisaient parfois les journalistes frileux. Mais l'ordre règne, et la canicule tient la rue. Effet de serre, comme diraient les aigles. Les tentatives de mouvements, les esquisses de gestes s'enlisent dans la moiteur comme une caravane dans des sables sournois. Les chiens n'aboient pas. Couchés dans une ombre que midi leur dérobe, la langue entre les dents, ils laissent leur souffle convulser leurs flancs. Les fleurs ont perdu depuis quelques heures déjà la mémoire de la rosée. Les clichés vont mal. Les velléitaires, les actifs, insectes insensés, se signalent, comme des saints martyrs, par des auréoles. Sous les bras. Dans le dos. Odeurs de sainteté. Le mois de Marie s'acharne.

Il y a trois types dans une voiture qui parle. Une Renault 25 qui s'inquiète à voix haute des ceintures de sécurité, du plein qu'il faudra songer à faire, qui se renifle sous les roues pour savoir si à vue de nez il ne serait pas temps de refaire le niveau d'huile, ou de changer les plaquettes de frein. Quand Manuel a ramené la charrette futuriste et leur a fait faire un tour dans les sièges lookés cuir, la voix de la nana leur a signalé que les ceintures devaient être bouclées, et qu'en plus la portière du conducteur était mal fermée. François a jeté un regard super noir au tableau de bord qui cause avec une voix d'aéroport.

– Elle va nous filer la scoumoune, cette salope. Pourquoi t'es allé tirer une caisse qui parle, putain ?

– Je l'ai pas tirée, s'est défendu Manuel en se marrant. C'est Lecoq, le ferrailleur, qui me l'a refilée. Un vieux service qu'il me devait. Je lui avais procuré des cartes grises l'an dernier. Je voulais vous faire la surprise.

Richard a demandé d'où sortait la voix. Il a ajouté qu'il aimerait bien rencontrer la propriétaire des cordes vocales à la plage.

– Va savoir ! Ces cons-là ont peut-être mis une tigresse dans le moteur ! Et quand elle est trop chaude elle se met à rugir !

– J'aime pas ces mécaniques, a marmonné François. Si elles peuvent parler pour te faire chier avec ta ceinture, elles peuvent t'enregistrer tout pareil. Non mais imagine, hein ?… Le top dans l'antivol ! La bagnole qui témoigne, qui raconte tout aux flics ! Ta voix qu'est dedans… Et puis tout ! Tu pètes un coup et les bourrins se marrent comme des cons le jour de l'audience, devant tout le monde ! Et le juge qui te colle injure à magistrat !

– Tu paranoïlles, a observé Manu. Tu regardes trop la télé.

Pour l'instant, ils se taisent. Ils regardent la nationale 10 se faire avaler presque sans bruit par le monstre. Et ils ne perdent pas de vue le semi-remorque, cent mètres devant, qui roule à 110 pile depuis une heure, réglé comme une horloge, et sur la bâche duquel s'inscrit une marque japonaise de hi-fi et vidéo.

– Des magnétoscopes et des caméras, a expliqué François. On le suit de l'usine de Biarritz jusqu'au routier où il s'arrête à midi pour bouffer. Il sort de la quatre-voies pour aller se garer sur le parking poids lourd. On l'attend là. Quand le chauffeur revient, on lui pique ses clés et à nous le bahut. J'ai prévu un endroit peinard où on déchargera dans deux fourgons qu'on louera. Ni vu, ni connu. En trois quarts d'heure, on a terminé. Les flics cherchent un camion, et nous on passera les barrages en leur pissant à la raie. On abandonnera la caisse à côté du bahut. Ça vous va ? Faut être trois. J'ai déjà l'acheteur pour le lot. Il revend tout le bordel en Pologne, il raque cash, et on le connaît plus.

Voilà. Un plan beau comme tout. À présent, ils attendent sous un platane. Le chauffeur a garé sa cabine à l'ombre d'un bosquet de pins, à l'écart des autres camions. Sous les frondaisons de l'arbre dont pas une feuille ne bouge, ils s'évaporent lentement.

François n'a pas beaucoup d'humidité à perdre : sa trentaine probable ne lui a pas laissé le temps d'accumuler les surcharges. Et les trois ans passés aux Baumettes lui ont au moins appris à cultiver sa viande : ondulations et saillies durcissent là où il faut, entretenues deux fois par semaine. En pleins et en déliés, sa force est inscrite juste sous sa peau, et le message, relayé par un regard taciturne, est toujours reçu sans interférence par ceux qui seraient tentés de jouer avec ses nerfs.

C'est lui le chef. Il est installé à la place du mort, une Camel filtre plantée entre ses lèvres fines, et il ne bronche pas.

Les deux autres soupirent, bougent leur cul, font grincer le cuir présumé des sièges, en fumant, eux aussi. Des brunes.

Manuel a le poil noir. Les cheveux, et la barbe, qui, pourtant traquée ce matin par deux lames implacables, insiste sous la peau pour l'assombrir. Noirs aussi les ongles, parce qu'il a révisé le moteur ce matin pour éviter les contretemps fâcheux. Il n'est pourtant pas du genre négligé ; au contraire, chez lui, le moindre détail est étudié, longtemps, devant des miroirs. À l'instant même, se mirant dans la petite glace du pare-soleil, il lisse de ses doigts courts ses cheveux en arrière, et dégarnit davantage son front luisant de sueur largement débroussaillé par l'alopécie androgénique. Sapé par de grands couturiers, il est. Les étiquettes en témoignent. Rien que du classieux tombé des camionnettes de livraison, au hasard des routes.

Richard émet un bruit et jette sa cigarette par la vitre baissée. Sa face large pivote, ses sourcils épais se froncent davantage, son regard prend cette fixité dont il est seul capable, suscitée par un ensemble dangereux de pulsions élémentaires et de confusion mentale.

Ça dure une bonne heure. Ils énoncent des commentaires impatients à propos du chauffeur qui doit se taper une salade de tomates bien fraîche, de la barbaque saignante, tendre comme une pucelle de quinze ans, le tout arrosé par un rosé qui baigne son cul dans un seau à glace. Richard écrase une mouche dans son poing.

– Pendant ce temps, nous, on baigne dans notre jus, putain ! J'aurais dû prévoir la glacière avec des bières dedans et de la bouffe, hein, qu'est-ce que vous en dites les mecs ?

Les mecs n'en disent rien, parce que leurs yeux scrutent l'étendue blanchâtre, aveuglante et brûlante du parking : le chauffeur du camion, un jeune type plutôt baraqué, en tee-shirt sans manches et en short, vient de sortir du restaurant et se hâte vers son vingt tonnes. Il tient contre lui deux canettes de bière.

– Tiens, fait François en se retournant vers Richard. En plus, il nous apporte à boire.

2

Dès que la poche est crevée, une armée noire, pleine de pattes pointues, se répand sur la table, dégringole encore un peu, puis se fige. Le grouillement intimidé fait face à une colline où l'ocre le dispute au jaune, avec des nuances rosâtres. Une colline creuse, feuilletée, que le vent pourrait disperser d'une rafale négligente. Une main s'abat sur le peuple d'insectes paralysés, en extrait deux ou trois qu'elle isole en plein no man's land, puis fouille dans le promontoire coloré qu'elle bouleverse jusqu'au tréfonds comme si Mercali et Richter se bagarraient là-dessous. Après, en l'air, tout va très vite : une tige équipée de feuilles rigides se coiffe d'une dizaine de pétales assortis, et se trouve même dotée d'appareils reproducteurs débarrassés de leurs bavures de plastique, et, aussitôt les prothèses en place, la fleur atterrit derrière la table dans un coin où elle émet au contact de ses sœurs jumelles un bruit sec de castagnettes aphones.

Les doigts s'affairent de nouveau : ils se précipitent sur la noirceur hérissée comme si elle était vivante, s'acharnent sur les pétales avec la voracité d'un mangeur de chips avariées. Une fleur s'envole toutes les trente secondes : aujourd'hui des roses, écloses ou en boutons.

Les robes de pourpre sentent le synthétique, et les épines ne blessent aucun cœur.

La femme qui travaille – c'est de ses doigts qu'il s'agit mais on pourrait en douter tant leur mobilité s'oppose à l'impassibilité de ses traits – a un visage rond, souligné d'arcs de cercle qui semblent retarder des affaissements, des avalanches charnues, des glissements de terrains minés, sous les yeux, sous le menton, doubles sécurités construites par le temps comme des barrages, et qui rendent l'ensemble difficile à dater. Elle est brune, la travailleuse à domicile. On peut penser qu'elle a été belle avant de s'user trop vite. Elle porte une blouse de coton fuchsia qui s'ouvre profondément sur des seins serrés l'un contre l'autre, frères siamois, par le manque de place. La promiscuité tend le tissu pourtant ample, et l'on sent là-dedans une énergie qui s'accroche et résiste à l'attraction terrestre, une force portée aux avant-postes de la personne comme un avenir immédiat. Elle s'appelle Dolorès. Tout un programme. Autour d'elle, comme abattu par on ne sait quelle tornade, tout un jardin se couche et s'éparpille, en vrac multicolore, en massifs aplatis, en plates-bandes vautrées. Des glaïeuls… Des mètres de lierre… Des chrysanthèmes Tokyo… Et puis des roses, en veux-tu en voilà, en boutons permanents pour ceux qui préfèrent.

Le nez au ras de la toile cirée, le garçon n'en perd pas un, de ces gestes rapides, de l'autre côté de la table. De temps en temps il se baisse pour ramasser une couronne d'étamines qui a fait le grand saut, ou rectifier l'entassement de pétales qui menace de s'effondrer au sol. On croirait un apprenti qu'on a posé là à observer et surtout à se taire. Il suit les opérations d'un regard fiévreux qui creuse davantage ses orbites profondes, et il s'essuie parfois le front du bas de son tee-shirt parce qu'il règne une de ces chaleurs brutales de mai qui vous font regretter l'hiver. Les volets sont tirés, pourtant, mais la pénombre ne garde de la fraîcheur qu'une illusion de petit jour.

La femme lui demande d'aller chercher dans la cuisine un paquet de cigarettes et du feu. Le garçon se lève, se déplie, on se demande en le voyant prendre de la hauteur si son cul va finir de s'éloigner de la chaise. Il s'appelle Olivier. Olive pour tout le monde. Comme dans Popeye. Ce genre-là, tout en longueur, avec des nœuds toujours possibles.

Il fait lentement le tour de la table et s'excuse à mi-voix lorsqu'il passe entre la télé allumée et un type qui vautre sa carcasse insignifiante sur un fauteuil. Le type ne quitte pas l'écran des yeux, le regard creux, où semble briller la tiédeur malsaine d'une fièvre. Sa gueule est maigre, cassée d'os qui cherchent à percer la peau grisâtre de vieux papier froissé. C'est René. À la colle avec Dolorès depuis une dizaine d'années. On ne sait pas trop lequel a recueilli l'autre. Amants de la dèche, concubins du chomdu. Ils s'aimaient vachement au début, ils se tenaient par la main quand ils sortaient prendre le frais en bas sur les bancs, Cité lumineuse. Elle, grande et plantureuse, une belle femme encore à l'époque, on pouvait distinguer alors des formes avenantes, du convexe et du concave dans les courbes, plus comme maintenant où on cherche même plus à voir. Lui, nabot plutôt fier, petites jambes et grande gueule, droit comme un i minuscule, qui tenait le bras de son sex-symbol où tintait un gros bracelet de toc. « Dolorès sort son nain, rigolait le voisinage. Il a intérêt à s'accrocher, le René, parce que si elle tousse, il s'envole ! » René soupire, il penche la tête pour n'en pas perdre une du téléachat.

Olive se rassoit et pose le paquet de clopes. La femme souffle du bleu en toussant et reprend son travail la cigarette au bec, un œil fermé, la figure de travers.

La porte s'ouvre derrière Olive, et claque à cause du courant d'air. Le garçon se retourne, abandonnant son observation fascinée de la fleuriste. Son cœur cafouille dans la surface de réparation, la défense est débordée, au bord de la grosse faute, il ne sait plus où shooter tout ce sang figé en boule dans les tuyauteries.

– Salut, Mila, articule Olive avec ce qui lui reste d'oxygène.

– Tiens, dit un visage griffé de cheveux bruns. T'es venu pour les couronnes mortuaires ?

Elle s'avance vers lui, l'embrasse hâtivement sur les joues, et lui sur sa chaise écarte les bras, les doigts, en un geste désemparé parce qu'il sait que la toucher ne serait-ce qu'une fois le brûlerait tout entier, instantanément réduit en tas de cendres convulsif, en amas de désirs carbonisés. Elle est vêtue d'un débardeur jaune vif, avec rien dessous que cette peau hâlée qui s'arrondit de perfection aux épaules, et ces formes rondes et pointues qui dressent le tissu. D'un débardeur et d'une jupe, oh, pas grand-chose, la jupe, un petit bout d'étoffe très discret qui ose à peine couvrir le haut des cuisses.

Olive baisse les yeux et tente de les garder rivés aux pétales qui s'animent d'un mouvement de mer grosse, mais ils roulent, ses yeux, comme des fous sur la toile cirée, jusqu'au bord de la table là-bas, vers cette ligne d'horizon où Mila vient d'appuyer une hanche comme un soleil soudain, lui tournant presque le dos.

Derrière elle, le René s'est enfin détourné de sa télé-con. Ses yeux brillent toujours, mais d'une autre fièvre, et se collent au cul de la fille, le touchent, le massent, tâchent d'en écarter les lobes.

– T'as pas peur d'attraper froid, habillée comme ça ? Ou c'est parce que t'as trop chaud quelque part ? Tu peux pas lui dire, toi qu'es sa mère ?

– Elle est belle, elle le montre, elle a raison, rétorque Dolorès, sa cigarette coincée à la commissure. J'étais comme elle à son âge, et je faisais pareil.

René ricane, et il s'étrangle. Il tousse, secoué comme une brassée de chardons.

– T'as une putain de mémoire pour te souvenir de ça. Moi, je cherche même pas à me rappeler comment t'étais la veille.

Il se lève avec effort et s'allume une Gitane maïs.

– Je vais voir les copains. Eux au moins ils ont du respect.

Dolorès se tourne vers Mila en lui flattant la cuisse d'une petite tape. Il est question de couronnes mortuaires, deux énormes de cinquante pièces chacune, à livrer demain. Mila râle un peu, sa mère lui propose alors de terminer le lierre et les yuccas ça l'avancera. La négociation prend fin et pour Olive l'horizon se dégage, la table grince imperceptiblement dès que Mila s'en écarte. Il la sent passer près de lui, le frôler, lui, l'échassier familier qui vient ici sans qu'on sache pourquoi et qu'on laisse se réfugier parce qu'il a l'air si fatigué.

Quelqu'un crie au secours dans sa poitrine, et Olive au prix d'un effort monstrueux, envoie une petite goulée d'air pour faire patienter avant de se lever, de faire la bise à Mila en lui expliquant qu'il est midi et qu'il doit monter préparer à manger à son petit frère. Et comme un mort, avec sur les lèvres le souvenir de ce qu'il croit toujours être le dernier baiser, il cavale dans l'escalier en retenant son souffle. Et soudain il entend courir derrière lui il se retourne, c'est elle, ses seins bougent à chacun de ses pas.

Il se tient mieux à la rampe, il résiste à l'éblouissement à ce malaise qui menace de lui couper les jambes. Il sourit. Sa face maigre se comble de ce sourire Mila approche encore, la voilà sur la même marche que lui, clic lui prend le bras et jette vers la porte entrouverte de l'appartement, où sa mère l'appelle, un coup d'œil hostile. Elle le regarde intensément, elle va sûrement l'embrasser pour de vrai, là, parce qu'elle a compris brusquement qu'il n'y avait que lui à l'aimer ainsi.

– T'as pas vu Tayeb ?

Il la fixe, un cri coincé dans la gorge.

– Qu'est-ce que t'as à me regarder comme ça ? Tu m'as jamais vue ? Vous vous parlez plus ?

– Tu sais où il habite, Tayeb, si t'as un truc à lui dire.

– Putain ça va ! Je te demande un service parce que j'ai confiance en toi, hein, c'est tout ! Et toi tu me reçois comme n'importe quoi ! Allez, dégage de là, va lui faire ses raviolis à ton frangin !

Elle est déjà redescendue, et il reste là planté et il sent qu'il va tomber dans ce vide qui s'ouvre de toutes parts. Alors il se remet à grimper les marches, poussé en avant par son vertige.

3

Le chauffeur, perché sur le marchepied, range ses bières dans une glacière. Manu et Richard s'approchent lentement, mains dans les poches, comme deux couillons oisifs. Ils contemplent un court instant le cul en short du camionneur, bon, un short en coton rouge avec des bandes noires sur le côté. Si on veut savoir, il est chaussé de mocassins de cuir, et il est pieds nus dedans.

– Tu nous en files une ? demande Richard.

Manu le considère avec étonnement, et l'on sent qu'il redoute un peu les détours stratégiques de son copain. On entend le couvercle de la glacière se refermer. Le routier se redresse, et se retourne vers les deux gus qui lui sourient comme des hyènes. Et ce sourire toc, mordant, lui fait comprendre qu'il n'a pas affaire à des représentants en dentifrice.

– Ils en vendent au restaurant. Z'avez qu'à vous les payer, y a pas marqué buvette à paumés, ici.

– J'ai été poli, observe Richard. Et toi, tu nous insultes.

Le géant de la route soupire.

– J'ai du boulot. Faut que je me tire. Je suis fatigué, alors lâchez-moi.

Il redescend de la cabine et écarte doucement Richard planté comme une mauvaise herbe au bas de la portière.

Il va fermer un petit coffre casé sous la remorque. Richard le suit, sans se soucier des signes d'apaisement que lui envoie Manu. Quand il se retourne, le routier manque le heurter. Il est grand, le routier. Large, baraqué façon poids lourd, si on peut dire. Des muscles plein les bras, rien que de l'utile, ravitaillé en bon sang saturé de vitamines par des veines saillantes. Devant lui, Richard se dresse presque sur la pointe des pieds, et tente d'engager un bras de fer visuel.

– En fait, t'es un grand pédé de camionneur. Paraît que c'est plein de fiottes, les routiers.

Le type regarde loin derrière le truand. On a l'impression qu'il cherche une poubelle où il va le jeter. Il baisse les yeux vers le visage crispé qui le défie.

– T'as l'air bien renseigné. Avec la gueule que t'as, y a que les bétaillères qui doivent te prendre en stop pour te faire sucer par les gorets.

Depuis un moment, Manu transpire un peu plus. Il fusille Richard du regard mais l'autre s'est blindé, et ça ricoche en désordre. Le voilà qui s'approche, l'air patelin.

– Ça va, André, dit-il à Richard. Laisse monsieur tranquille. Je sens que vous allez avoir des mots. On va se les acheter, ces bières. On était partis pour, tu te rappelles pas ?

Le primitif le regarde ébahi. Du mou dans les transmissions.

– Mais je…

– Allez, ça suffit, reprend Manu en s'approchant encore.

Il est tout près du routier qui sue et s'essuie les mains à son tee-shirt.

– Faut l'excuser, il est un peu à cran, en ce moment. Et comme vous, vous avez pas l'air d'aimer plaisanter, on va en rester là.

L'autre n'a rien vu venir. Ni le coup de pompe dans les roubignoles qui le plie en deux, ni le coup de poing dans la nuque qui ne parvient pas à l'abattre. Il chancelle seulement, recule d'un pas, puis se déplie en gueulant et commence à dessiner autour de lui de redoutables ellipses où ses poings jouent les satellites tueurs. Il chope Richard à la mâchoire et l'envoie valser dans la poussière. Le nase, sur le cul, glapit comme un Indien emboucané par son nuage de fumée. Il s'agite, il insulte, il vérifie le bon accrochage de sa mandibule. Manu l'aide à se relever, et ils foncent ensemble à l'assaut de la forteresse roulante, chacun sur une aile, comme à la guerre. Le routier fait le dos rond, poings fermés, et percute le pack adverse en tarabustant au jugé. Manu sent son estomac se froisser comme un ballon de foire et ses poumons, son cœur, changent de place pour se mettre à l'abri. Son agencement intérieur est tout bouleversé pendant un moment, comme quand on s'apprête à faire le ménage en grand. Il parvient à lancer un pied devant lui, il tape dans du mou, ça l'encourage à recommencer, mais là ça résiste, un orteil de tordu, dix de repliés. Puis, dans sa brume douloureuse, il aperçoit l'autre s'effondrer brusquement et heurter le réservoir d'essence, et remuer la tête, sur quoi Richard s'acharne à coups de poing en râlant d'effort, tout en continuant à envoyer des ruades dans l'entrejambe que l'homme ne protège pas.

– Ça va ! crie Manu. Les clés ! Où il les a mises, cet enculé ? Viens ! On y va !

Il cherche par terre, ne voit rien, demande à Richard de l'aider. Mais l'autre prend goût au massacre. Le chauffeur au sol ne bouge presque plus. Il le couvre de coups et d'obscénités.

Manu monte dans la cabine, il trouve le trousseau sur le siège, s'installe au volant, pose ses poignes sur le cerceau démesuré. Dehors, il entend encore des chocs sourds et un gémissement monocorde interrompu par des hoquets. Il descend et aperçoit aux doigts de Richard une série de bagouses chromées, et tout de suite il voit la gueule ensanglantée du routier, le nez écrasé, la mâchoire entamée jusqu'à l'os. Richard cogne là-dedans en fermant les yeux, avec sur la figure une sorte de sourire bienheureux, et Manu lui crie arrête, arrête, tu vas le caner, et Richard émet une plainte impatiente et lascive qui se mêle à la voix de l'homme étranglée de douleur et de sang. Il cogne, Richard. Il s'acharne sur le côté droit du crâne et son poing rougit jusqu'au poignet, et Manu hurle au craquement terrible que ça produit soudain, il bondit sur le dingue et le renverse, il se campe entre lui, assis bêtement sur le gravier, en sueur, de la poussière collée à sa figure qui lui fait un masque gris, et le chauffeur qui ne dit plus rien, agité de spasmes brutaux, comme un électrocuté. Richard se relève et avance en titubant, poing américain brandi, vers Manu qui sort de sa poche une petite matraque dont il frappe aussitôt le barjot plusieurs fois au plexus, connard, connard, tu l'as tué, pauvre taré, ne me menace pas. À genoux, Richard pleure avec une voix de môme et avance comme un pénitent vers le corps qui ne bouge plus et il le secoue en lui ordonnant de cesser de faire le con, de se réveiller, un costaud pareil descendu par un petit mec qui lui rend vingt centimètres et trente kilos, on croirait un manager qui tente de remettre son poulain sur pieds pour la quinzième reprise, merde, merde, tu dormiras plus tard.

– Faut le planquer, maintenant, lui dit Manu tout près de l'oreille. Tu vois bien qu'il est mort, putain de moine. Ça nous fera gagner un peu de temps.

Il se tient l'estomac, où résonne encore l'impact du coup de poing amplifié maintenant par la nausée qu'il ressent devant la face ravagée du cadavre. Il entend un bahut démarrer et l'aperçoit à une cinquantaine de mètres qui s'éloigne pour reprendre la nationale.

Richard est sorti de sa stupeur, il traîne le mort par les bras jusqu'au pied des pins, et l'allonge derrière un genêt déplumé. Il revient vers Manu et, quand il lève les yeux, on s'aperçoit qu'il n'a plus de regard, mais à la place deux organes ronds et fixes, d'un bleu presque transparent désormais, chargés de percevoir lumières et volumes, une paire d'yeux amibiens, qui absorbent tout ce qu'ils voient comme un trou noir gobe des morceaux d'univers.

Manu fait décrire au camion une vaste courbe sur le parking, et il prend la route qui les mène au lieu de déchargement où François doit commencer à se demander ce qu'ils foutent. Le semi laisse derrière lui un gros nuage de poussière, et Manu espère un instant qu'il ne se dissipera pas tout de suite, de façon à cacher encore un peu la catastrophe.

– Quand François va savoir ça, il va te trépaner, bordel. T'as vu la merde où on est, à cause de toi ?

Richard ne répond rien, occupé à régler le rétroviseur pour y surveiller on ne sait quoi, peut-être le mort en train de se relever pour se marrer de cette bonne farce, tout sanglant, tout défoncé de coups par ce qui ne serait alors que le maquillage facile à nettoyer d'un cauchemar criant de vérité.

Ils roulent pendant une dizaine de kilomètres et bientôt ils aperçoivent François au bord de la route qui leur fait signe. Manu engage le camion dans le chemin cahotant menant à une ferme en ruine dont seul un hangar de brique se dresse encore, coiffé de sa charpente hirsute d'acier tordu. Quand il les voit descendre, blêmes et sales comme des gamins qui ont traîné n'importe où leur costume du dimanche, il comprend qu'il y a eu embrouille. Il s'approche en courant, il a envie qu'on le rassure quand même.

Manu explique en bredouillant. Le gars costaud et insolent, la prise de contact qui tourne mal, l'entêtement de Richard. Le tueur observe la cime des arbres et semble se bercer à leur balancement régulier. Alors François s'assied sur une souche et se prend la tête entre les mains, sans rien dire, et se contente de regarder le sol où des fourmis s'échinent à transporter la dépouille d'un scarabée qui jette par moments sous le soleil des éclats précieux.

4

Jambes ouvertes sur un entre-deux luisant, la fille fixe Olive en souriant d'un air candide, suçant son pouce, renversée dans la fourrure synthétique, nylon tacheté, léopard d'éprouvette. Plombée par ses gros seins, elle est figée dans sa pose provocante, un doigt hardiment pointé où on lui a dit, poupée obéissante. Il aimerait bien qu'elle parle, la poupée, sans trop savoir ce qu'elle pourrait dire, et même si ce serait intéressant. Il ne peut s'empêcher de caresser le corps bronzé, de bas en haut et retour, d'un regard fugitif ramené toujours vers l'intimité rose de cette cicatrice qui le zyeute avec insistance et que n'éblouit pas le soleil truqué des projecteurs. N'y tenant plus, essoufflé et stupide, il tourne la page de papier glacé pour chasser la vision et se retrouve dans un univers bleu où nagent des requins, des monstres de trois mètres de long, précise la légende. L'un des squales montre en gros plan un sourire déchirant. On devine aisément un attirail sauvage. Derrière lui, un plongeur fait des bulles, on a peur que l'animal ne se retourne.

– Chouf !

Olive jette un coup d'œil à côté de lui. Tayeb lui montre une turlutte plein cadre. Engin violacé, rouge à lèvres écarlate, paupières vert fluo. Tourne la page. La chevauchée torride. Piston, bielles, sont bien visibles.

Admission, combustion. Vue rapprochée. Échappement libre. On comprend bien comment ça marche. Cours de mécanique génitale.

– Vous les achetez ou vous les posez, les revues ! gueule le marchand de journaux. C'est toujours pareil !

– Un Tac-o-Tac et un Millionnaire, demande une grosse femme qui vient d'entrer en soupirant. Et pis France-Dimanche et Télé 7Jours.

Tayeb s'est retourné. Il fait semblant de remettre la revue sur le rayon, et la glisse sous son tee-shirt, calée dans sa ceinture. Et puis cette autre, là, emballée sous plastique.

– Laisse ça, murmure-t-il à Olive. C'est pour les blaireaux. Y a que des teuches. Moi, j'aime quand ça ramone bien. Va lui prendre Mickey et Sud Ouest, à ce bâtard. Après, on s'arrache.

Olive se dirige vers les publications pour enfants. Il en prend une au hasard, avec un gros cochon rose et noir qui se marre, une marguerite au groin. On annonce en couverture la suite des aventures de Mélanie la truie et d'André le cochonnet.

– Alors ? On vous voit quand à la télé ? demande le marchand de journaux, tout en lorgnant Tayeb qui s'est plongé dans le Magazine littéraire.

La grosse gratte. Le type se penche au-dessus du comptoir pour lire à l'envers les titres de la presse à scandale.

– Encore enceinte, celle-là ? Et lui ? Y paraît qu'il a un cancer. Regardez. Il est enflé comme Pompidou.

– Cinquante balles ! s'écrie la femme. Le début de la fortune ! Bientôt, moi aussi je serai en première page avec un de mes amants sur une plage ! Y en a bien que pour les rupins !

Olive s'est approché de la caisse. Il observe la mémère en train de s'affairer sur ses tickets. Comme ça dure un peu, il prend Sud Ouest et lit rapido le récit de la énième défaite des Girondins. La femme souffle sur les dorures prometteuses, approche de ses yeux les bouts de papier bariolés, s'acharne encore avec sa pièce de vingt centimes. Ses seins ballottent au rythme de son espoir. Elle se redresse et prend un air indifférent.

– J'ai jamais eu de pot, y a pas de raison que ça commence, fait-elle. Dix francs, c'est tout ! Je vous prends un Banco illico !

Olive peut enfin payer ses journaux, puis il s'écarte pour laisser manœuvrer la mastarde vers la sortie. Les deux garçons sortent dans le sillage aigre des aisselles à replis. Dehors, le soleil les attrape tout de suite et les tient dans ses grandes mains brûlantes, et les ralentit, les accable, essaie de les clouer au sol comme des mouches piégées. Ils marchent l'un derrière l'autre en serrant l'ombre au ras des murs. Tayeb va devant, comme toujours. Démarche souple, très déliée, jambes de caoutchouc montées sur coussins d'air, ample bermuda fleuri autour des muscles sûrs, ventilation des organes vitaux, des recoins moites, puisée à chaque pas. Olive traîne son ombre démesurée qui ondule sur le sol, grimpe aux murs comme une grosse couleuvre, cascade sur les bordures de trottoirs, dans les caniveaux. Il a les yeux rivés au sol. On ne sait pas ce qu'il regarde. Rien, souvent. C'est surtout pour ne pas voir. Ils longent l'ancienne raffinerie de sucre, transformée en zone d'activités. Rien que le mot les fatigue, avec la chaleur qu'il fait.

– On va au bunker, décide Tayeb. Et cet aprèm', piscine.

Olive ne dit rien. De toute façon, il est d'accord. Même si la piscine ça le gêne un peu, rapport à ses os qui dépassent trop, pointus à rayer les carreaux du fond quand il plonge. Il a l'impression que les filles le regardent bizarrement, parfois avec pitié, comme un de ces malheureux qu'on montre à la télé en train de crever. Alors il se fait discret. En gros, ou bien il reste collé à sa serviette, regrettant que les boucles de coton ne soient pas angoras pour mieux s'y cacher, ou bien il séjourne longuement dans l'eau à reluquer les soutiens-gorge qui se défont et les rondeurs qui jaillissent, ou les culottes arrachées par l'eau farceuse, et il s'imagine en créature aquatique, quasi invisible et à peine palpable, parcourant le sein de l'onde et frôlant des cuisses, enlaçant des tailles, s'immisçant entre des jambes vers les grottes sous-marines pour aller y pêcher quelques coquillages salés et tièdes, et y prendre entre ses lèvres des perles rares, comme Aronnax et Nemo dans le livre. Et ces idées lui font pousser au bas du ventre un mât de galion, un Nautilus toujours retenu par une banquise invincible.

C'est tout soudain que la cité se dresse. La Cité lumineuse. C'est ainsi que l'ont nommée les logeurs de la classe ouvrière, en 1959. Cinquante mètres de haut. Vue de profil, d'où ils arrivent, c'est une grande bitte carrée. Deux cents de long. De face, un paravent planté entre le quartier et la Garonne en arrondi, bombant le torse vers le fleuve. Percé des ouvertures réglementaires pour aérer les clapiers. Trois cent cinquante caissons, bien tassés. Olive lève les yeux vers le sommet à mesure qu'ils approchent. Il fait toujours ça. Il ralentit, s'arrête presque. Il a vécu ici. Il y est né. Maintenant c'est presque vide parce qu'ils vont détruire. C'est trop vieux, et trop moche. C'était rempli de pauvres pleins de problèmes. On a viré les pauvres, en les priant d'emporter leurs problèmes ailleurs. C'est ce qu'a fait la mère d'Olive, en pleurant, après avoir menacé, un soir où elle était fatiguée plus que d'habitude, de se balancer par la fenêtre avec ses deux gosses. Olive lui a demandé de ne pas le faire, il pleurait lui aussi, du coup. Benjamin, qui avait six ans à l'époque, bramait également, sans trop savoir. La mère a refermé les volets, et elle a proposé de leur faire des crêpes. Depuis, ils habitent deux cents mètres plus loin, dans d'autres blocs plus petits, hideux, d'où on ne domine plus qu'un parking et des pelouses envahies de trèfle.

Ils passent sous les coursives venteuses. Un courant d'air y rôde en permanence, un petit zèph à refiler, l'hiver, la grippe à l'inventeur du vaccin lui-même. Tout est désert. Il ne reste plus dans la cité que douze appartements occupés par des vieux récalcitrants qu'on n'ose pas expulser, et qui refusent toutes les propositions, repoussent les menaces, méprisent les tentatives d'intimidation.

Bloc D. Ils prennent l'ascenseur. Direction le quatorzième étage. Ça bringuebale, dans le monte-charge. La mécanique est chahuteuse, elle a de longs frémissements parfois, des grondements vrillés de bruits de chaînes, des convulsions qui secouent les parois de fer couvertes de graffiti, rayées de gros mots, d'initiales, de pornographie minimaliste illustrée de schémas tracés à la pointe d'acier. Des tags signalent l'existence d'un certain Kamel, et l'on se demande si c'est là son territoire. Le revêtement du sol est usé en son centre, la ferraille affleure. Les deux garçons se tiennent à l'écart de cette surface métallique comme s'ils redoutaient, mettant les pieds dessus, qu'elle ne cède d'un coup et les précipite dans la cage trente mètres plus bas. Ils ne disent rien. Le risque, c'est que la boîte à bétail tombe en panne et qu'ils se fassent prendre alors qu'ils n'ont rien à faire là, mettant en péril le secret bien gardé du bunker. D'où une appréhension certaine.

Le bunker, c'est l'ancien appartement 1521. Dernier étage. Pour empêcher l'installation de squatters, les HLM ont fait souder sur les cadres des portes de fortes plaques d'acier brut. Huit points de fixation, de la tôle de huit, du costaud. C'est peut-être ce que la cité a connu de plus solide, comme équipement. C'est le grand frère de Tayeb, Mohammed, qui s'est chargé de démonter le blindage. Il est métallier, faut dire. Chaudronnier, quoi. Le genre de mec à se battre avec le fer à peine refroidi, à grands coups de masse, de flamme. Il voulait être boxeur, Mohammed. Il a disputé quelques combats, qu'il a gagnés sans trop forcer. On disait qu'il donnait l'impression de vouloir rentrer dans son adversaire pour ne plus en sortir tant que l'autre bougeait encore. Un teigneux, rapide et précis, archi-violent. On ne savait jamais où il regardait. Sur le ring, son regard se dérobait comme sa gueule évitait les coups. Et puis les entraînements, la discipline, l'hygiène de vie, ça l'a vite fatigué. Un soir, il a foutu un pain à un arbitre. De façon préméditée, exprès pour se faire virer. Après, il a allumé l'espèce de Pied-noir qui lui servait de manager. Rideau, la boxe. Alors depuis, il fout des branlées à des morceaux de fer de dix tonnes et plus. Il a travaillé six mois au tunnel sous la Manche. Contrat à durée déterminée, ils appellent ça. Mobilité. Il est

parti se geler le cul dans le Nord, il en voulait, du travail. Maintenant, la manche, il pourrait la faire. Et le tunnel, il est dedans. La plaque qui bouchait la porte, elle ne lui a pas fait peur. Il s'est amené avec un chalumeau, et deux heures après, l'accès était libre. Avec quelques petites cales de bois on peut refermer sans que personne se doute de rien. C'est mieux camouflé que la grotte de Zorro, et d'un coup de pied-de-biche ça s'ouvre plus facilement qu'une boîte de thon.

Dedans, c'est sombre. Ils évitent d'ouvrir les volets dans la journée pour ne pas qu'on les repère d'en bas. Encore que les peupliers qui font monter leur feuillage jusqu'au huitième empêchent que les curieux s'aperçoivent de rien, si bien que de temps en temps ils peuvent se rincer l'œil, la ville étendue au loin, rien que pour eux. « On est des rois, dit parfois Tayeb en tirant sur un pétard géant. Mate un peu le panorama. En hélico t'y verrais pas mieux. »

Pour l'instant ils entrebâillent un peu, pour aérer, et un petit vent commence à cavaler dans la pénombre découpée net par des barres de lumière crue. C'est un F5, rien que pour eux deux. Tapisseries à grosses fleurs, moquette à grosses taches. Les derniers locataires devaient avoir un chien incontinent, ou alors y avait quelqu'un de très malade. Chacun sa chambre, en principe. Ils ont récupéré des vieux matelas que Tayeb a nettoyés et désinfectés à l'eau de Javel et à l'insecticide, et pour lesquels Olive fournit des draps-housses qu'il fait régulièrement laver par sa mère en les mêlant au linge normal. Ils occupent surtout la salle de séjour où trône un bouquet de chrysanthèmes artificiels fabriqués par Dolorès, la mère de Mila. Une sorte de canapé-lit-sofa, composite et mou, accumulation de coussins et de matelas, de couvertures et de couettes, immense, leur permet de vautrer leur flemme sans promiscuité. Côté confort, deux radio-cassette-CD. Des monstres. Origine douteuse. Pas de facture, ni de garantie. Un solde de Johnny, le Gitan. Celui qui est mort en janvier, décapité dans une BMW en passant sous un camion qui transportait des vaches à l'abattoir. Sacré Johnny. Con comme un îlotier. Méchant comme une patrouille de la BAC. Mais quand vous étiez son ami, il vous aurait même volé votre cœur.

Olive se laisse tomber sur le canapé et attrape au hasard un magazine dans la pile. Une publicité de mousse à raser montre les contours parfaits d'un menton viril.

Le type a l'air assez content du produit. Les pages tournent. Les couleurs se mêlent. Verdures exotiques, écarlate des voitures de sport, pastels des peaux bronzées. Une enquête sur les pit-bulls. Gros plans de cicatrices de morsures. Visage d'enfant arraché. Il manque un œil. Olive le cherche. Trouve les dents, qu'on distingue au milieu de la viande hachée. Stop ! Il peut plus. C'est comme les films d'horreur que Tayeb lui montre. Au bout de dix minutes, il transpire, la tête lui tourne, il peut plus respirer. Il cherche fébrilement sa préférée. Une brune boudeuse, qui montre ses petites affaires d'un air farouche. La voilà. Elle porte autour de la taille une mini-serviette bleu pâle. Page 138. Olive approche ses yeux pour ne pas qu'ils roulent sur le papier et se mettent à taper un flipper torride sur les corps de la nana. Seins. Vingt mille points. Bonus. Tirage. Partie gratos. Droite-gauche. Ça repart vers le triangle fatal, pente tueuse du regard. Trop tard. Le gouffre. Canyon brûlant aux escarpements plantés d'une végétation clairsemée. Berges sinueuses où l'on ne s'aventure pas les yeux fermés. Chaud. Très chaud. Même dans l'ombre où se perd la perspective écartelée. Olive se laisse aller en arrière, la fille sur lui, telle quelle en sa page centrale. Il ferme les yeux. Il écoute son bourdonnement intérieur, ce bruit d'orage dans l'œuf, de foudre qui se retient… Il touche sa palpitation géante et reprend la revue, un peu essoufflé. Ilpense à Mila, ça le gêne. Non. Pas elle, ici, là-dedans. Ne pas confondre avec ces créatures qui montrent leurs secrets grands ouverts, ces femelles qui offrent leurs bonbons roses nonchalamment. Déjà le reflux sanguin abandonne son bas-ventre dans l'humide et le déçu. Il éjecte le magazine et se couche sur le ventre, la bouche entrouverte contre le drap. Il articule le prénom, Mila, Mila. Et il bave un peu.

Soudain, un râle, un petit choc, de l'autre côté de la cloison. Un juron obscène. L'eau coule dans le lavabo, versée du jerrycan qui sert de réserve. Juste après, Tayeb apparaît, une lampe de poche encore allumée dans une main, et dans l'autre la revue chouravée qu'il lance sur Olive.

– Tiens, fais ton éducation de puceau.

Olive l'envoie balader en marmonnant, la figure enfouie dans un oreiller.

– Qu'est-ce que t'as ?

– Rien.

– T'as jamais rien.

– Si, des fois.

– Remarque, je m'en branle.

Olive ricane. Tayeb ne capte pas tout de suite. Musique, pour donner au silence une contenance. Metallica explose, au beau milieu d'un solo sidérurgique. Tayeb shoote dans le mur, en cadence. Puis il s'approche de l'entrebâillement d'un volet, épaule un fusil imaginaire.

– Putain, les snipers, ces chiens !

Il crache deux ou trois coups, simulant le recul.

– Carton ! J'en vois un qui tombe !

5

Moi, c'est Marion Ducasse. Inspecteur Marion Ducasse, s'il vous plaît. Pour l'instant, je me tiens auprès d'un cadavre assez amoché que mes collègues de l'Identité judiciaire prennent en photo sous tous les angles, après avoir fait des prélèvements de terre, de cheveux, de sang, de poussière, de fils, de fibres, et tutti quanti. Bon. D'après les premières constatations, la victime, Laurent Delage, vingt-huit ans, chauffeur routier de l'entreprise Dumas Logistique, a été tabassé à mort et traîné ici, à l'ombre de trois pins et d'un chêne, derrière un buisson de genêts. Traumatismes crâniens multiples, enfoncement de la boîte crânienne, mâchoire sortie de son logement et profondément coupée, il paraît qu'on aperçoit l'os, j'ai pas eu le courage de m'accroupir pour voir de plus près. L'œil droit et l'arcade sourcilière qui va avec ont éclaté sous les coups, et c'est très écrabouillé à cet endroit-là aussi. Poing américain, sans aucun doute. Je passe sur les côtes cassées et sur les probables lésions internes : foie, rate, reins, le médecin légiste nous en dira plus, mais ça ne nous apprendra rien.

Un beau mec, ce mort. J'examine une photo que nous a apportée son patron il y a cinq minutes. Grand, bien balancé, belle gueule. On a du mal à le reconnaître, à présent. Il transportait du matériel vidéo, rien que du japonais fabriqué près de Bayonne. Destination Poitiers. Encore le Vidéo-gang, a commenté le commissaire Etchart, mon chef. On les appelle ainsi, ces mecs qui en sont à leur quatrième attaque en sept mois. (Ce genre d'humour montre s'il en était besoin que les flics sont des citoyens à peu près comme les autres : ils regardent des conneries à la télé.) À chaque fois, le même scénario : ils piquent le bahut, quels que soient sa taille et son poids, ils le vident, y foutent le feu, et ensuite c'est cours-moi après que je t'attrape. Rien. Pas une empreinte, pas un indice, rien. Des témoignages, ça oui, et même des tas, qu'on tape en trois exemplaires pour épaissir le dossier et le mystère, et qui établissent qu'on a affaire à deux ou trois hommes de type européen dont l'un est plutôt petit et très brun. Avec ça, à moi les suspects ! On a montré des centaines de trognes aux témoins : et lui ? et celui-là ? Non ? Et cet autre ? Je sais plus, je suis pas sûr, j'étais loin, il faisait sombre. Bref. En plus, vu le talent des photographes de la boîte pour vous faire une gueule de pervers psychopathe ultraviolent, la moitié des bonnes volontés se découragent et osent à peine regarder notre collec de regards torves. Jusqu'à aujourd'hui, on n'a pas eu le moindre geste de violence, on mesure bien la difficulté de la tâche désormais. Sauf qu'ici, on a zéro témoin. Tout s'est passé loin du resto routier, et le soleil s'est chargé de tenir tous les curieux à l'écart.

Voilà l'affaire.

Je ne sais pas si je l'ai dit, mais il fait ici, bien qu'à l'ombre, une chaleur épouvantable. Tout le remue-ménage des bagnoles, des allées et venues, soulève une poussière qu'on aspire à pleines narines comme si on avait pour fonction de purifier l'air. Je me sens sale, poisseuse, moite de partout. Je songe à une douche presque froide, à un plongeon à poil dans l'océan – d'ici on est à vingt bornes de la côte. Je m'essuie la figure avec un mouchoir en papier et tout de suite c'est gris, vachement douteux comme fond de teint.

Comme l'équipe de l'IJ a terminé, on décide de mettre le pauvre mort au frais. Au moins un qui ne souffrira plus de cette canicule de la mi-mai qui fait tomber les records de chaleur comme un athlète dopé à bloc. Je laisse les pompiers emballer le malheureux conformément à la réglementation et je rejoins mon commissaire préféré qui palabre sous un autre bosquet de pins avec un officier de gendarmerie. En m'approchant je lui fais signe que c'est fini, il acquiesce d'un battement de paupières. J'écoute ce qui se dit, ça ne présente pas un grand intérêt. J'apprends qu'on attend le substitut Daguerre, qui a tenu à faire le déplacement pour se rendre compte. Très bien. Il doit vouloir remercier la gendarmerie de son concours, et se faire pardonner de ne pas lui avoir confié l'enquête lors de la première attaque, malgré l'insistance de la boîte à pandores. Très diplomatique, tout ça. Justement, j'aperçois mon collègue Cazeaux qui s'approche sous le soleil, flanqué d'un gendarme. Ils trimbalent une grosse glacière, et la posent au pied d'un arbre. Un trésor bleuté apparaît dès qu'ils ôtent le couvercle : des bouteilles d'eau minérale parmi de gros glaçons. Les flics de toutes obédiences accourent, se pressent, font des politesses. On se réjouit. Même les chefs cessent un instant leur conciliabule pour venir communier en s'envoyant quelques décilitres de flotte d'utilité publique, et glou et glou. Yoyo généralisé des pommes d'Adam. Pour ma part, j'ai le larynx plus serein, mais je me siffle la moitié de la bouteille sans reprendre mon souffle. Merde, c'est trop bon. On est tous regroupés à l'ombre chiche et trouée de ces pins comme un troupeau qui se trempe le mufle dans l'abreuvoir qu'on vient de remplir sous l'arbre unique d'un pré.

Ensuite, le substitut Daguerre arrive, tout luisant de sueur, et je vois le moment où personne ne va lui proposer de réhydrater sa juridique personne. Finalement, un gendarme lui montre la glacière. Daguerre se jette dessus comme s'il venait de traverser le Ténéré en vélo tout-terrain. Le commissaire le met au parfum en détail, et ça dure encore une demi-heure. Le magistrat insiste pour que cette affaire trouve rapidement une issue. Ça n'a que trop duré, et maintenant un meurtre. Il exhorte tous les services à prendre ces attaques au sérieux, puisque le pire est survenu. On écoute la leçon d'un air attentif, il a entièrement raison, faudrait pas qu'il aille croire qu'on ramasse les macchabées par plaisir comme on relève les fautes d'orthographe dans le rapport d'une patrouille de nuit.

On rentre à Bordeaux à fond de train, en buvant jusqu'à l'ultime molécule l'eau de nos bouteilles qui a fini par tiédir. Je laisse le courant d'air me peigner en arrière, je sais que ça ne me va pas mal. Les yeux mi-clos je fais un gros effort pour ne penser à rien, puis je m'aperçois que Cazeaux, assis à côté de moi, plonge du regard dans le décolleté de mon débardeur. Pour le distraire un peu de ce zoom décevant (je suis pas mal roulée du tout, mais côté nichons je suis restée très adolescente), je relève mes jambes pour caler mes genoux au dossier du siège avant où le commissaire observe, lui, un mutisme complet, comme on dit dans les journaux. Ma jupe étroite remonte aussitôt sur mes cuisses, et j'entends mon aimable collègue se racler doucement la gorge.

Quand on arrive rue Castéja, je lui souris en appuyant ça d'un clin d'œil, et je lui demande s'il n'a pas trouvé le trajet un peu long.

– Y a pas grand-chose à voir, entre les Landes et ici. Des arbres, encore des arbres, et de l'autoroute.

– Je m'en fous, de toute façon j'ai somnolé la moitié du temps, ment-il.

Je m'allume une clope – la dixième de la journée seulement, je suis en progrès – et je lui souffle la fumée au visage pour le réveiller. Au moment où on se sépare, parce que le commissaire, qui est homme de bon sens, a estimé qu'il ferait jour demain, je fais la bise à Cazeaux, ce qui ne m'arrive pratiquement jamais. Il a l'air surpris, il cafouille un peu, sa main survole mon épaule, il ne sait que faire de cette soudaine familiarité.

– Ne pionce pas devant la télé, ta femme et tes gosses vont faire la gueule, sinon.

Il essaie de dire un truc que je ne cherche pas à déchiffrer, et je m'éloigne avant qu'il ait fini de faire le tri. Je sens son regard posé sur mon cul et j'arrive pas vraiment à lui en vouloir.

Arrivée chez moi, vite une douche, presque froide, comme prévu. Je reste là-dessous un bon moment avec la musique qui me parvient du salon, quelque chose d'assez énergique des GoGo's. À peine suis-je rhabillée, robe en coton fleuri ultra-light et nuage d'Eau de Rochas, qu'on sonne. C'est Daniel, mon bien-aimé depuis quelque temps déjà. Contrat libre à durée indéterminée, résiliable à tout moment. Avec la crise, ce n'est déjà pas si mal. Il entre, je me colle à lui pour lui montrer combien je suis fraîche, et il se frotte à moi assez sommairement. Tiens donc. Il est plus ardent, de coutume. Sur quoi il me demande s'il est bien nécessaire de faire gueuler la musique ainsi. Il pose sa serviette, ôte veston et cravate, me regarde en souriant pour masquer sa mauvaise humeur.

– Sers-nous à boire, je lui dis. J'ai eu un mort aujourd'hui, alors il va falloir que tu me distraies. Y'a du Sauternes au frigo. Et puis des olives aux anchois dans le placard.

Il disparaît dans la cuisine, fait du bruit, revient avec un plateau correctement garni. On trinque. Le vin est fameux. Je vide mon verre comme si c'était du sirop, et dois me resservir. Daniel n'en décroche pas une. Il pioche abondamment dans le bol d'olives.

– Moi aussi, dit-il au bout d'un moment.

– Quoi, toi aussi ?

– J'ai eu un mort.

J'ai envie de lui dire que c'est tout de même plus fréquent dans son métier que dans le mien, ce qui prouverait que les flics sont en gros moins nuisibles que les toubibs, mais je renonce à faire du sous-Molière.

– M. Fenoglio, continue-t-il après avoir refait le niveau de son verre. Tu sais, je le traitais pour de l'hyper-tension. Et ce matin il a fait un AVC. Il est mort dans l'après-midi.

– Il a fait un quoi ?

– Un accident vasculaire cérébral. Une attaque.

– Le mien aussi, il a été victime d'une attaque. On lui a volé son semi-remorque bourré de magnétoscopes.

On parle de nos morts. Lui de son vieux monsieur ancien résistant et communiste, généreux et drôle, et moi de mon beau garçon étendu à l'ombre, la gueule fracassée, comme un « Dormeur du val » sans poésie. Au bout d'un moment, la bouteille de Sauternes est vide, et on éprouve, un peu partis, le besoin de parler d'autre chose. En fait, on ne dit rien. On se met à communiquer avec les mains. Nul besoin d'explications compliquées.

On se comprend. Du tac au tac. La bouche c'est mieux des fois quand ça sert pas à causer. Daniel c'est pas un grand bavard, mais ce qu'il me dit en ce moment je sais le lire sur les lèvres.

On se grimpe dessus. On roule. On transpire. On est plus que du gémissement moite. Bonne baise. Dans le genre goulu, vorace, tapageur. Je suis assez expansive quand je vais bien.

6

Richard a bien cru qu'il le ferait. Il a vu s'écouler ses dernières secondes quand la bouche noire du pistolet l'a baisé sur le front et y a pressé le rond parfait de ses lèvres. François venait de lui prendre l'arme et de faire monter une balle dans la chambre. Richard a tressailli au claquement de la culasse. Il a ressenti la faible détente du ressort. Il s'est vu coincé dans les quelques millimètres séparant le percuteur de l'amorce. Tout ne se réduisait plus désormais qu'au jeu de quelques bouts d'acier savamment disposés. François hurlait qu'il allait débarrasser la planète d'un taré irrécupérable, d'un fardeau mal fini qui allait mal finir. Il gueulait ça au sein d'une nature accablée de chaleur, dans une lumière aveuglante qui figeait tout, et les cigales se sont tues, et le vent est tombé. Il écumait, François, lui qui s'impatiente si rarement, tendu de nerfs d'acier. Sauf que des nerfs d'acier qui se mettent en boule, ça percute sévèrement. Il a plaqué Richard au sol, la gueule dans le sable, et lui a collé le flingue dans la nuque, prêt à lui poinçonner la cervelle pour être sûr qu'elle servirait plus jamais. Il appuyait là-dessus comme on se sert d'une perceuse.

– Tu vas gicler partout, sale con !

Il a tiré. Dans le sable. Richard a vu retomber une douille avant de prendre une gerbe de terre dans les yeux. Assourdi par la détonation, la couenne brûlée par la chaleur du canon, il a émis un petit cri d'animal dont on ne l'aurait pas cru capable.

Maintenant, il pleure, Richard. Toujours à plat ventre. Il a très peur de mourir, c'est une question nouvelle pour lui. L'argument métaphysique brandi au-dessus de lui pèse un peu plus d'un kilo, il jette des éclats vifs de chrome spécial, et concentre ses questions essentielles dans la quinzaine de pruneaux de 9 mm parabellum entassés dans la crosse. Richard cafouille faiblement dans la problématique. Reptation immobile. Poussière. Tu ne soulèveras que poussière.

Au bout d'un moment, une main le secoue. Je suis mort, ils m'emportent, pense-t-il.

– On décharge, dit Manu. Bouge ton cul. Ça y est, il s'est calmé.

En travaillant, ils ne disent plus rien. Isolés dans la brume chaude qui s'est abattue sur leur cerveau. L'odeur de la poudre se mêle aux vapeurs d'essence et aux relents d'huile qui s'élèvent des moteurs bouillants. Leurs avant-bras ruisselants laissent sur les cartons d'emballage des traces mouillées. Les mains détrempent bien vite les épais gants de manutention.

Ils s'échinent ainsi presque deux heures, encouragés par le grésillement têtu des cigales dans les pins. Richard est couvert de poussière et de sable collés. Comme il s'est frotté le pourtour des yeux et de la bouche, on dirait le clown miteux du cirque Borgnol.

Pour le retour, François est seul dans le fourgon, à ruminer ses regrets. Il se dit qu'il aurait dû éparpiller la cervelle primitive de l'autre nul dans les aiguilles de pins. Il passe en revue, dans une frénésie sanglante, tous les moyens qui auraient pu abolir l'existence de cette erreur de la nature. L'arme blanche, les explosifs ? Un bain d'acide, peut-être ? Tout à ses idées teintées d'hémoglobine, il roule à plus de 110 à l'heure en agglomération, et lève le pied aussitôt qu'il s'en aperçoit, avec un coup au cœur qui le fait presque bondir. Il scrute les petites rues qui débouchent sur la nationale, tous les recoins où ils pourraient planquer leurs sales gueules et leurs motos, mais il ne voit rien, et s'oblige à respirer à fond.

De toute façon, il ne s'arrêtera pas. Le premier képi qui met un pied sur le bitume va tout comprendre, en une seule leçon, de la mécanique des collisions, et deviendra un cas d'étude en pathologie des catastrophes. Il fait ce serment, François, parce que désormais il appartient à un gang de tueurs, et ça change tout dans sa vision de l'existence. Il sent que la vie des gonzes qui vont se trouver en travers de son chemin sera d'un poids dérisoire dans la balance de ses valeurs.

– Plutôt crever plein de trous ! proclame-t-il à voix haute.

C'est un ancien garage dans la zone de Tartifume, où la commune de Bègles se perd dans les herbes folles et les entrepôts désaffectés dont le gardiennage est assuré dès la nuit tombée par des escouades de putes que le maire et tout ce que la ville compte de petits commerçants et de pères de famille vertueux aimeraient bien voir partir jouer plus loin, rapport aux préservatifs et aux seringues qui traînent partout et avec quoi les enfants pourraient jouer. Sans parler de la pornographie live. Il y a des cassettes vidéo, pour ça.

L'homme leur a ouvert les portes de fer en les saluant d'un air jovial. « Salut les hommes ! » a-t-il gueulé. Il porte sur sa figure grise, osseuse, aux yeux charbonneux, un sourire permanent qui lui donne une expression stupide et sournoise. Quand ils sont descendus des camions, il s'est précipité en se frottant les mains, en se les tapant sur le cul sans raison apparente.

– J'ai des mousses au frais, annonce-t-il avec enthousiasme.

Aussitôt, il se précipite vers une glacière qu'il ouvre, et entreprend de décapsuler quatre canettes.

– Sacré René ! T'as pas tout sifflé ? s'étonne Manu. Avec cette chaleur, t'as dû te réhydrater le foie !

– Je bois pas forcément quand j'ai soif ! répond René.

Ça le fait rire. Et tousser. Ses éructations résonnent dans un silence aussi épais que le jus jaunâtre qu'il crache au loin.

Les autres boivent, et ça déborde un peu de leur bouche, et ça dégoutte à leur menton. François rote avec fracas et laisse errer autour de lui un regard accablé. En gros, il éprouve un sentiment assez compliqué de solitude, de colère et de vacuité. René plonge à nouveau la main dans la glacière.

– Arrête un peu de picoler, fait François. On a du boulot. Il vient quand, M. Philippe ? Tu l'as appelé ?

René grimace en aspirant la fumée de sa Gitane maïs. Il tousse un peu.

– Oui. Pas de problème. Il m'a dit qu'il serait là vers sept heures.

Il les dévisage derrière ses paupières à demi fermées par la fumée. Richard a fini sa bière depuis un moment déjà, et il lorgne au fond de la bouteille avec attention comme s'il assistait à la noyade d'une mouche.

– Vous faites une drôle de gueule. Y'avait quoi dans le semi ? Des pianos à queue à la place des magnétoscopes ?

– C'est à côté du bahut, qu'il y a eu un problème. Un macchab qu'était pas prévu dans la livraison, explique Manu.

– Quel macchab ? y avait un mort au milieu des cartons ?

– Richard a canné le chauffeur. Il s'est un peu énervé. Ils ont eu comme qui dirait des mots, et…

René laisse pendre son clope à sa lèvre. Il se tourne vers Richard qui considère les deux fourgons d'un air absent, complètement sourd à la discussion.

– Il s'est un peu énervé, tu dis ? et il a tué ce pauvre mec ? Et s'il avait vraiment pris les boules qu'est-ce qu'il lui aurait fait ? Il l'aurait coupé en morceaux ? Merde ! Il s'est un peu énervé ! Pince-moi, je rêve ! On est des assassins, maintenant ! Tous complices, tu te rends compte ?

Ses joues se teintent d'une colère rosâtre. Un vacarme l'interrompt. François vient d'ouvrir les portes des fourgons.

– Nous fais pas chier, René. On fera le débat plus tard. Pour l'instant, ferme ta gueule et ouvre tes bras, on a du travail. Va falloir jouer serré si on veut pas se faire niquer.

Pendant que les va-et-vient ruinent un peu plus sa précaire carcasse, René se laisse aller à la noirceur dans le genre clip convulsif et cadré au ras du sol. Des flics qui sonnent à la porte et lui sautent dessus. Ses mains ornées de bracelets. Le box des accusés, la gueule du juge, l'écho confus de la lecture d'une sentence. Dix ans de placard. Il va crever en taule, c'est sûr. Pour se rassurer, il essaie d'imaginer une tentative de fuite dans les escaliers de son bâtiment, le souffle court, les poumons ramonés au goupillon de fer, le cœur qui lui bat dans la bouche. Mais des flics surgissent de partout, projetés vers lui par d'invisibles ressorts comme dans le train fantôme et jaillissent des flingues qu'on lui colle sur l'œil, et valsent des coups de pompe dans ses recoins privés. Il entend Dolorès à sa fenêtre bramer de pas l'abîmer trop. Il manque de s'affaler en avant, entraîné par le poids du colis qu'il porte et le vertige de son cauchemar. Il se reprend de justesse, s'appuie au carton, haletant. Il se retourne vers les autres qui n'ont rien entendu de son tohu-bohu mental et durant quelques secondes ça l'étonne. Il ne sait plus parfois faire la différence entre ce qui s'agite en lui-même et ce qui bouge au-dehors. Il est de moins en moins étanche. Il a des moments d'existence virtuelle, sans casque électronique ni gants spéciaux. Il est de son temps, comme alcoolo. Mais son espace est plein de trous, et il tombe dedans.

M. Philippe est entré sans qu'ils l'entendent. Il est vêtu d'un costard de lin noir, d'une chemise de soie grise, et les semelles ferrées de ses chaussures tout cuir claquent et crissent sur le sol de béton. Il est blond, grand, bronzé, ses yeux sombres fouillent les êtres sans ménagement pour y examiner ce qui s'y passe et il les laisse en désordre et béants une fois qu'il a vu. Ce qu'il voit pour l'instant le satisfait et l'inquiète. Les colis rangés comme à la parade le font s'émerveiller devant tant d'efficacité, et il se met à offrir des cigarettes king size à bout doré que les quatre hommes acceptent à la façon d'enfants qu'on récompense enfin. Mais les regards fiévreux que François jette à la dérobée, l'air fuyant de Manu qui s'efforce de lui tourner le dos le plus possible, s'occupant à des bricoles, le teint grisâtre et les yeux luisants de René le mettent en alerte. Nul besoin de chercher davantage. Dans ce hangar ça sent l'embrouille aussi sûrement que le tabac blond et la sueur. Il n'est qu'à voir l'allure incertaine, les gestes ondulants, imprévisibles, du dingue qui fume sa cigarette en soufflant la fumée au-dessus de lui en cercles bleus. Ils ont déconné, et c'est à cause de ce branque.

– Bon. Y a un problème ?

Il aurait mieux fait de tirer un coup de flingue en l'air, ils auraient accueilli la détonation plus calmement.

– Un gros problème, répond François.

Et il raconte. Il en rajoute juste un peu sur l'agressivité du chauffeur.

Quand il a terminé, M. Philippe ne dit rien d'abord. Il réfléchit tellement que ça s'entend presque.

Puis il prend une autre cigarette, qu'il allume avec un briquet d'argent. Cette fois-ci, il n'en offre à personne.

– Bon, dit-il en les toisant tour à tour. Ça sera cinquante pour cent de moins. Je vous laisse à chacun vos cinq appareils pour votre argent de poche, comme prévu. Ça me déçoit. Jusque-là tout s'était passé si bien… Vous devez bien comprendre que je prends un risque supplémentaire, désormais. Et j'entends le facturer, c'est bien naturel, non ?

– On peut aussi se dire qu'on a eu du bol que tout se soit passé sans bobo jusqu'à cet après-midi, rétorque François. Les risques, nous aussi on les prend, faudrait pas oublier.

M. Philippe salue d'un sourire bienveillant l'argumentation prévisible.

– C'est pourquoi je vous prends tout de même le lot. Je ne peux pas vous laisser au milieu du gué quand la crue menace. J'ai ma morale, voyez-vous.

Il tape doucement dans ses mains, et sourit encore.

– C'est pas tout ça. La marchandise part demain. La Roumanie, ce coup-ci. Le camion est prêt, et le chauffeur toujours vivant.

Tir de barrage des quatre regards.

– Je plaisante… Mieux vaut en rire qu'en pleurer, comme on dit. Et ça vaût mieux que si l'un d'entre vous avait été tué, non ?

En disant ça, il lance un coup d'œil en direction de Richard. René hasarde une faible approbation. D'un coup,

M. Philippe entreprend de leur serrer la main en leur conseillant la plus grande prudence. Comme François le raccompagne dans la rue, il le prend par le coude :

– Vous allez me surveiller l'abruti que vous traînez avec vous, et éviter qu'il fasse des conneries. Je croyais que vous étiez sûr de vos hommes.

En remontant dans sa Jaguar, il redit sa déception, François l'assure à nouveau de son entier dévouement et de la prudence extrême qui sera désormais la sienne, mais il n'a pas le temps de développer : déjà la portière claque sourdement, on sent qu'en usine des techniciens ne travaillent que là-dessus, le claquement des portières, juste pour que le bruit soit plein, mat, soft. Juste pour qu'une femme ait l'impression en se coinçant les doigts dedans que ça va lui vernir les ongles. François regarde s'éloigner la voiture en s'imaginant au volant, vitres bleutées remontées, clim' à fond, roulant vite et sans bruit dans la cambrousse. Le cadavre de cet empaffé dans le grand coffre moquetté.

Puis il observe les petites maisons de la rue, dissimulées derrière des rosiers exubérants, et il pense soudain qu'une bicoque tranquille avec un carré de gazon pour boire l'apéro, quelques pots de fleurs, un arbre ou deux, juste de quoi se taper trois cerises à la saison, avec aux fourneaux une petite femme qui saurait préparer les ris de veau et le magret farci au foie frais, qui serait bien obéissante et propre, et au lit un peu salope, bien roulée, pas trop chiffonnée de la gueule, tout ça suffirait bien à sa quiétude.

Mais comme il a oublié de se mettre à l'ombre, de la sueur vient brouiller son champ de vision, et les appels des autres, qui résonnent dans le hangar, brisent net les harmonies sucrées de sa mélodie du bonheur.

7

Tayeb tire une longue bouffée de sa cigarette et rejette la fumée loin au-dessus de lui, vers le plafond sombre où le nuage odorant se disloque. Il se redresse un peu, se cale contre un coussin, et se regarde. Il examine en les flattant du plat de la main ses abdominaux durs de force, descend son regard satisfait vers son sexe encore humide, jusqu'à ses cuisses musclées. Beaucoup de muscles partout. Il tend le bras pour atteindre le cendrier, puis le fait passer à Mila.

Elle est dans la même position que lui. Ses cheveux dégringolent en boucles lourdes sur ses épaules. Sa bouche charnue s'entrouvre sur la fumée qu'elle souffle. Les yeux, noirs. Très longs, les cils faiseurs d'ombre. Elle est toute nue, posée là, dans l'obscurité chaude, et elle jette autour d'elle des regards étonnés. Elle s'attendait à la caverne d'Ali Baba, encombrée de cadres de vélos, de roues dépareillées, de pièces de mobylettes, un trou insalubre où le pied roule sur des canettes de bière, parmi les papiers gras, les préservatifs. Ici, rien de tout ça. C'est vide et un peu triste, assez monacal. Ce dépouillement sent la Javel et le désodorisant d'ambiance.

– C'est super-propre, comme squat.

Tayeb hausse les épaules.

– On est pas des clochards, nous. On la joue clean. Tu veux de la musique ?

Il est déjà debout au pied de l'espèce de lit. Mila enfile un tee-shirt.

– Reste pas à poil comme ça. C'est nul de se balader les couilles à l'air.

Le garçon reste immobile, l'air stupide. Lard ou cochon ? De toute façon, sa religion lui interdit toute alternative. Puis il baisse les yeux vers son arsenal qui reprend peu à peu sa position de combat. Il enfile slip et bermuda, et a du mal à tout caser dans le taille-basse.

– J'ai plus de thunes, dommage, murmure-t-il.

Mila s'est levée elle aussi. Culotte, jupe. Tayeb colle ses yeux à ce qu'elle lui laisse : de longues cuisses dont il sait désormais comment elles finissent. Elle cherche son petit sac de toile rouge en chantonnant un truc américain. Elle se baisse, il entrevoit un triangle de tissu blanc, là-haut. Roulements de tambour entre oreillettes et ventricules. Le batteur semble avoir dix bras. Vichnou on drums. La grosse caisse lui cogne durement dans les tripes. Mila dit quelque chose qu'il n'entend pas, du coup.

– Je me casse, répète-t-elle.

– Déjà ? Tu veux pas boire un coup ? On a du Coca au frais dans la baignoire.

– Ma mère m'attend. J'ai un bouquet de lys blancs à faire.

Il s'approche, un peu voûté, l'enlace, cherche sa bouche. Elle se débat doucement.

– Non. Pas ça.

Tayeb s'écarte. Il cherche des mots, des idées, mais tout reste bloqué, alors il ouvre la bouche comme un poisson qui essaie de comprendre la vitre de son aquarium.

– On est copains, c'est tout ! T'as la thune, on s'arrange. Mais après, c'est juste moi toute seule. Tu comprends ?

Non, il ne comprend pas. Il ne comprend même plus rien. Devant lui hésite un être absolument mystérieux, fuyant, quelque peu improbable, auprès de qui il sent sous sa peau et dans ses chairs, en des zones difficilement accessibles, se consumer des incendies simultanés, comme qui dirait criminels. Jusque-là, le feu prenait en un point précis de son individu, et il savait, d'instinct, comment le circonscrire. En jetant vigoureusement de l'huile de coude sur les flammes. Sinon, les Canadair avaient tous des noms féminins : Stéphanie ou Cindy. Il suffisait de bousculer un peu la carlingue pour qu'elles prennent l'air, bonnes filles, patientes et disponibles, qui gloussaient d'abord, puis pleuraient parfois quand c'était allé trop vite, quand ça leur avait fait mal. Quatorze, quinze ans, tour à tour godiches et salopes, petites amoureuses qui branlaient mal et qui un jour se laissaient casser la serrure en fermant les yeux, et juraient qu'on ne les y prendrait plus.

Mila, elle, l'a regardé, tout le temps. Dans les yeux. Fixement, d'un air attentif, curieux, perplexe. Il lui souriait, dans les moments où il calmait le jeu, hasardait une caresse, essayait de trouver des endroits déterminants. Il avait l'intention, pour une fois, de soigner les préliminaires. Il en voulait pour son argent, et puis Mila, c'était tout de même très particulier. Mais quand il a commencé à mettre ses doigts et sa bouche un peu partout, sans trop savoir ce qu'il faisait, agissant de mémoire d'après ce qu'il avait vu dans des films où le moindre contact provoquait pâmoisons et grands écarts, elle l'a attiré contre elle et lui a montré le chemin en soupirant imperceptiblement. Ensuite, il a commencé à faire ce qu'il devait, ragaillardi, dosant son effort, maîtrisant l'amplitude de ses mouvements. Puis il y a eu ce regard de Mila. Il s'est arrêté, au bord du reflux complet, et lui a demandé si ça allait, tout en cherchant quelle erreur il avait bien pu faire. Elle a battu des paupières en signe d'acquiescement, et a détourné les yeux. Alors il a recommencé, en évitant de la regarder. Ou alors à la dérobée. Et elle, elle semblait le maintenir en l'air, au-dessus d'elle, par la seule force conjuguée de ses yeux. Il a essayé de se retenir, il a pensé à ce con d'Olive, à ses parents, même à l'école. Mais rien n'a pu retarder l'échéance. Il est venu dans un geignement ravi et déçu à la fois. Et dès qu'il a eu fini, elle l'a doucement écarté. Elle a murmuré qu'elle avait chaud.

La voilà qui s'en va. Il ne sait pas ce qu'il doit faire, la prendre par le bras et lui dire des choses comme dans les films, les vrais, où les gens prennent le temps de parler un peu et d'exprimer des sentiments, vite, vite, des mots, des phrases, par quoi je commence ?

La porte a claqué derrière elle. Mila court dans le long couloir sombre, longe les murs sales et les portes condamnées par les plaques d'acier couvertes de graffiti et elle se figure un instant, alors qu'elle piétine en attendant l'ascenseur, qu'elle se trouve dans un château maléfique dont elle serait la princesse dérisoire. Seule dans la cabine secouée de longs frissons métalliques, elle passe sa main entre ses cuisses comme si ce geste pouvait apaiser la brûlure, toujours la même depuis la première fois, l'année passée, quand le grand Christophe, au fond du jardin de ses parents, debout contre le mur, l'avait retournée brutalement et avait forcé le passage, échauffé par tout un après-midi de jeux torrides et de promesses mouillées, et lui avait murmuré, en la tenant par les hanches, toute l'ordure verbale dont il était capable pour ensuite lui glisser un billet de cent balles dans le slip parce que le sang qu'il avait sur la queue était un beau cadeau qu'elle lui faisait. Elle retire sa main et l'examine, redoutant à chaque fois de saigner encore, et elle la sent, puis la cache dans son dos, parce que cette odeur n'est pas la sienne.

De retour chez elle, elle se débrouille pour laisser sa mère ronfler doucement devant la télé, puis elle s'enferme dans la salle de bains et se lave, se frotte, savonne deux ou trois fois, rince, essuie, désodorise, et finit par nettoyer de fond en comble la baignoire. Quand elle en sort, presque neuve, elle retrouve Dolorès assoupie dans son fauteuil, un petit magazine de télé sur les genoux, avec en couverture le brushing souriant d'une andouille américaine. À ses pieds, des monceaux de fleurs. Des roses pas finies, des pétales en jonchée assortie. On dirait une grosse reine qui récupère après avoir passé la journée à visiter les orphelinats. Le visage est avachi, penché d'un côté, sur le point de couler tout à fait sur l'épaule. Par moments, un encombrement des sinus aggrave les ronflements, provoque des hoquets, fait vibrer le menton. Quand elle ouvre les yeux, elle sursaute en apercevant Mila. Elle fait claquer sa langue pour la dégourdir.

– Ah ! C'est toi, balbutie-t-elle. Quelle heure il est ? J'ai dormi. Y avait rien à la télé.

En effet, sur l'écran, deux héros, sous un soleil écrasant, se demandent en observant le décor désertique si on ne leur aurait pas tendu un piège, cependant qu'on entend au loin des sirènes de police. Ils font alors démarrer une grosse voiture et s'en vont en soulevant beaucoup de poussière.

– J'ai mal à la tête, se plaint Dolorès en se frictionnant le crâne. Je dois avoir quelque chose aux yeux, à tout le temps regarder ces saloperies de fleurs.

Elle se racle la gorge, et finit par tousser douloureusement.

– Je vais crever, oui ! s'énerve-t-elle, convulsée par une quinte de toux.

Mila décide de ne pas attendre l'accalmie. Elle tourne les talons pour rejoindre sa chambre et ne plus entendre le remuement glaireux qui secoue sa mère.

– Où est ton père ? souffle Dolorès, qui a fait soudain la paix avec ses poumons.

– Qu'est-ce que j'en sais, moi ?

Il est peut-être mort, à cette heure, pense Mila. Tellement bourré qu'il s'est noyé dans une cuvette de chiottes en dégueulant. Et puis c'est pas mon père. Elle essaie d'imaginer la scène, pour se réconforter un peu.

– Il a encore voulu coucher avec moi, l'autre soir. Il est venu pendant que tu dormais. Il a sorti sa queue, il voulait que je la touche.

Dolorès bondit sur ses pieds, propulsée par les puissants ressorts de l'indignation.

– Parle pas de lui comme ça ! gueule-t-elle. C'est un ivrogne, une feignasse, mais pas un sadique ! T'exagères tout ! T'es tout le temps à raconter des saletés, ma parole, t'en aurais envie que ça m'étonnerait pas ! Il vient te dire bonsoir depuis que t'es toute petite. Et toi, tu vois du mal partout ! T'étais bien contente, quand il te racontait des histoires rien que pour toi, en disant que j'avais pas le droit de les écouter ! Je t'entendais rire, et tu dormais comme un ange aussitôt après ! C'est pas ton vrai père, ce fumier, qu'aurait fait ça, avec sa belle gueule de maquereau ! Dès qu'il a su que j'étais enceinte, il est parti en courant, et il cavale encore !

Elle éructe, elle s'enroue, Dolorès. À la façon des molosses derrière leur grillage. On n'a pas envie d'y mettre le doigt.

Mila a l'habitude. À chaque fois c'est pareil. Au début, elle vomissait, quand elle essayait d'en parler. Maintenant, elle ravale du fiel.

– Et puis, ajoute la grosse un peu calmée, je lui en donne, à René. Crois pas qu'il manque ! Il est gourmand, et j'ai de l'appétit ! On s'arrange toujours !

Elle tend les bras à sa fille. Le sein droit déborde un peu dans l'emmanchure pour exprimer un trop-plein de générosité.

– Allez, c'est fini. Viens faire un câlin.

Mila avance lentement. Se laisse serrer. Odeurs d'assouplissant du corsage, de sueur aux aisselles. De tabac macéré près de la bouche. Je le tuerai. Je le tuerai. Elle est vraiment sûre de cette évidence qui lui vrille la tête. Je le tuerai.

8

Je dis merde à la chaleur. On est – quoi ? – à la mi-juin, et il fait un cagnard subsaharien qui nous fait nous tapir dans l'ombre moite comme des cloportes sous des pierres. Je veux des orages, de la pluie bretonne, une dépression bien creusée sur le Groënland, mettons, une de ces écharpes bien enroulées comme on nous en montre à la télé. Faut déclarer la guerre aux Açores. Passer des accords avec l'Irlande. J'ai envie de marcher dans les flaques d'eau comme quand j'étais gamine. Je veux troquer mes nu-pieds glissants de sueur contre des bottes en caoutchouc. Aller bosser en ciré jaune, comme les marins, sponsorisée par K-Way. Parce que c'est là que le bât blesse. Si j'étais en congé, un tee-shirt, une petite jupe, des espadrilles encordées au Pays basque me suffiraient amplement pour sortir faire mes courses ou traîner parmi les soldes. Je montrerais mes avantages à des connards ni vus ni connus qui en profiteraient anonymement, et basta. Mais je me vois mal me pointer au bureau légère et court vêtue avec presque rien dessous. Figurez-vous que la flicaille est une corporation très majoritairement couillue. Et volontiers moustachue pour ce qui concerne les tuniques bleues. Les en-civil étaient polis et propres sur eux du temps où ils étudiaient le droit. Mignons comme tout, disciplinés, respectueux des institutions. Pas comme en lettres. Enfin… Je parle d'il y a une quinzaine d'années. Il paraît que la typologie s'est homogénéisée plutôt dans le mauvais sens. J'en parlais une fois avec Leclerc, un vieux coyote des RG, cuvée Poniatowski, pour vous situer la bestiole. Il a connu les gauchos de Marseille, Toulouse, surtout, qu'il évoque encore des frissons plein sa vieille peau de vache : « Des féroces, vachement organisés, avec des anars dressés à l'espagnole, des trotskards méfiants comme des loups ! Ils nous pétaient des manifs de dix mille sans qu'on ait rien vu venir ! Et unitaires, ces cons ! Le consulat d'Espagne, à cause de cette charogne de Franco, c'était devenu une baraque à lutte ! Baston avec les CRS à la moindre occase, et c'est pas ce qui manquait ! Jets de cocktails comme à la foire ! On aurait pu peindre une cible et organiser des concours ! On avait même des poseurs de bombes, le GARI, ce genre ! Que du feu, on y a vu, c'est le cas de le dire ! C'étaient des branques, mais au moins on s'amusait, même ici à Bordeaux ! Ils étaient plus tendres, moins prolos… Des romantiques… Mais maintenant, ma pauvre, sont plus foutus d'organiser une AG qui se tienne un peu ! Pas l'ombre d'un slogan un peu dur ! Des tables, des chaises, des profs, ils demandent ! On leur refile un vieux banc et ils rentrent en cours ! Il fut une époque où ils balançaient chaises, tables et même profs par les fenêtres… Faisaient pas de détail ! Les gauchos se battaient même entre eux pour savoir s'il convenait d'opérer du premier ou du deuxième étage ! Merde, maintenant, on est obligé de se taper les réunions du PS avec tous ces veaux qui cherchent le frein à main dans une bagnole en panne ! » Bref. La dernière fois qu'on a causé à la cafét', j'en ai eu pour une heure et demie de tchatche. Je l'ai laissé causer, ce vieux réac, gaulliste jusqu'aux roubignoles, toujours dans son âge d'or. Je le soupçonne de préférer le désordre à l'inertie… Je me suis laissé dire qu'il avait été un maître dans l'art douteux de la manipulation et de la provoc policière, avec un faible pour les maoïstes, plus faciles à manœuvrer. Et puis tous ces souvenirs m'en ont rappelé d'autres, comme mes parties de jambes en l'air avec un chevelu de je ne sais plus quelle chapelle qui, lorsqu'il venait me faire jouir de son temps libre, entre deux réunions décisives, garait son Solex dans une rue voisine de la mienne pour tromper les filatures. Leclerc part à la retraite au mois de décembre, et j'irai boire un pot à sa santé. Sinon, les types des RG me font plutôt vomir, autant l'avouer. J'ai retrouvé chez un bouquiniste Vers la guerre civile, un livre de Geismar et July. Entièrement annoté au crayon à papier. Ça va sûrement lui faire plaisir.

Pour en revenir aux flics normaux, si je puis dire, je suis obligée d'observer avec eux la plus extrême prudence vestimentaire : pantalon, chemisier. Boutonné assez haut, le chemisier. Sinon, j'essuie leurs regards humides, et je sens partout dans mes échancrures les petits doigts sales de leurs œillades. Et j'ai la nette impression qu'ils écoutent mal ce que j'ai à leur dire quand on se penche sur un problème.

Ce soir, c'est spécial. Le commissaire Etchart se prend pour Eliot Ness. Comme depuis dix jours on patauge gravement dans l'affaire du Vidéo-gang, il a décidé, dit-il, de remuer le cocotier. C'est-à-dire qu'on met cinquante guignols en tenue de combat, ou peut s'en faut, et qu'on monte à l'assaut des bars et boîtes du centre-ville où notre belle jeunesse s'étourdit en attendant que la situation économique s'améliore. Le gibier recherché, bien sûr, est censé avoir laissé sa trace au pied des comptoirs. Donc me voilà en jean, tee-shirt et blouson, mon beau brassard orange au biceps, mon flingue et ma paire de pinces à la ceinture, en train de me garer cours de la Somme en compagnie de Cazeaux, avec qui Etchart m'a contrainte de faire équipe. Ça se passe bien entre nous, il ose à peine me regarder quand on se parle, si bien que j'en suis tout le temps à me demander ce qui cloche dans ma tenue, ce qu'on voit, ce qui se devine, susceptible de troubler une sensibilité masculine que je sens à fleur de peau chez ce garçon. À l'arrière on a posé un stagiaire, Germain, il s'appelle, l'allure athlétique et l'air renfrogné qui a, pendant tout le trajet, vérifié que le barillet de son arme était bien approvisionné. Je lui ai demandé s'il avait l'intention de se spécialiser dans la bavure, ou s'il voulait devenir cow-boy au RAID ou à l'OCRB. Depuis il fait ostensiblement la gueule, et il a enfin cessé de manipuler son artillerie comme un chiard qui se tire sur la zigounette en redoutant de la voir se détacher un jour.

Trois fourgons sont déjà en place, et en descend une escouade de képis, au trot, façon CRS. On les suit, et tout ça s'engouffre dans un vaste troquet grouillant de joyeux drilles. On montre nos cartes à la bonne cinquantaine de clients médusés, et on leur annonce qu'on est la police, au cas où ils ne s'en seraient pas aperçus. Une certaine crainte se lit sur quelques visages, dès lors que leur première impression est confirmée. Le patron, derrière son comptoir, nous assure qu'il n'y a jamais de problèmes dans son établissement, et que c'est bien fréquenté. Je lui demande s'il existe une autre sortie à l'arrière, il me dit non, puis oui, enfin à côté des toilettes. J'envoie deux gardiens vérifier.

– Corvée de chiottes, grince l'un d'eux.

– Vous resterez garder l'issue, et méfiez-vous des courants d'air, je lui dis.

Non mais. Jamais contents, ceux-là. Dans le reste de la salle, les contrôles vont bon train. On a convenu de tâter vite fait le terrain des trafics de matos vidéo, non pour que ça marche tout de suite, mais pour que ça se sache et que les braqueurs aient un peu chaud au cul. En plus de ça, fouille rapide, revue de poches, on ne sait jamais. On peut tomber sur de la dope ou un calibre, le hasard fait parfois bien les choses. Le stagiaire me fait signe. Il tient par le bras le dealer de service. Qu'est-ce que je disais. C'est un métier, la police. Je m'approche. Papiers apparemment en règle. Francisco Pessoa, né le 9 octobre 67 à Saint-Laurent-du-Médoc. Profession : électricien. L'inventaire est vite fait : trois mille francs en liquide, quatre képas d'héro, quelques barrettes de shit, une dizaine de pilules d'ecstasy. Conso personnelle, économies retirées l'après-midi même à la banque pour acheter un cadeau à sa mère qui est malade. Je me demande si je ne vais pas fondre en larmes. Je me ressaisis de justesse et je demande à Cazeaux de prévenir les Stups qui seront contents sans doute de retrouver un vieux client. Je confie le type aux agents et j'envoie le stagiaire les accompagner et commencer à établir la procédure. Je regarde Pessoa s'éloigner, et avant de sortir il se retourne et me jette un regard super-noir, dans le genre tueur sanguinaire. Hou, j'ai peur. Je lui souhaite bonne nuit en agitant ma main comme font les petites filles. Ça le tue. Du coup, il se met à se débattre en gueulant des insanités où ma qualité de femme est sévèrement mise à mal, il s'accroche à la porte, des pieds et des mains, et les agents en profitent pour lui faire manger le coin d'une table sur laquelle ils l'ont fait s'affaler. Le type se redresse, l'arcade ouverte, et il pleure. Ça impressionne beaucoup le reste de l'assistance, et tout le monde file doux. Je dis à ceux qui sont près de moi qu'il s'agit d'une pourriture de dealer, et qu'il s'est montré, comme ils ont pu voir, assez difficile à appréhender.

Pour le reste, pas grand-chose. Un cran d'arrêt, deux poings américains, quelques joints pré-roulés au fond des poches. On confisque les jouets, on disperse l'herbe qui fait rire dans les cendriers, et bonsoir tout le monde. Au bout d'une grosse heure, on a terminé, et le bar est vide, à l'exception du patron et du serveur. On reçoit un message d'urgence : il y a eu grabuge à la gare, lors d'un contrôle du même genre. L'équipe de Marquez a merdé : avec son couteau un gus a coupé un inspecteur à la joue, puis a ripé. Ils ont tiré un coup de sommation, mais il y avait trop de monde pour le reste. Tant mieux. On ne remerciera jamais assez la SNCF de faire arriver les trains au bon moment. L'inconnu est parti en direction du quartier Son Tay, une zone sordide entre centre de tri et abattoirs. En fait, tout le monde s'en fout. Comme le plus gros des moyens est bloqué à secouer le fameux cocotier, on est bien obligé de laisser courir les singes énervés.

Je m'approche de Cazeaux qui a l'air en grande conversation avec le patron. J'apprends qu'il le connaît depuis longtemps. C'est un petit mec noiraud, nommé Simon Bertole, qui doit avoir dans les 45 ans. Il parle avec l'accent de Bab-El-Oued, il pourrait jouer les porte-flingues dans un polar pied-noir. Pendant qu'il est à l'autre bout du zinc en train d'expliquer quelque chose à son serveur, Cazeaux me glisse que notre client a flirté, comme on dit, avec l'oas avant de rallier les colleurs d'affiches de Chaban. Et que son sens aigu de la trahison et de l'intrigue en fait un informateur assez sûr.

Ils étaient en train de se taper une vodka pleine de glaçons, et comme je demande ma part d'émotions fortes,

Bertole me propose quelque chose de « doux ». Je plante dans son front bas et probablement national un regard chargé d'ironie, et j'allume la mèche avec un sourire sarcastique pour exiger l'alcool des cosaques. Pendant qu'il prend des glaçons, je tâche de déchiffrer les caractères cyrilliques de l'étiquette pour découvrir que la gnôle a été concoctée à Gloucester, Grande-Bretagne. Bon. On fera comme si. De toute façon, il fait trop chaud pour coiffer la toque de fourrure.

Le patron nous fait remarquer que si on s'était adressé à lui directement, ça aurait évité tout ce remue-ménage fâcheux.

– Ça effraie le client, vos contrôles. J'ai rien contre, notez bien. Je trouve qu'on en fait pas assez.

– Vous préférez qu'on aille plutôt faire chier les Arabes en bas de leurs HLM, et qu'on laisse votre petit commerce prospérer. C'est du libéralisme bien compris, ça, je lui rétorque.

J'éprouve une antipathie immédiate pour lui. Il s'efforce de sourire, de rire, pour établir je ne sais quelle connivence avec nous. Et surtout, quand il parle, comme il est près de nous, il pose ses mains humides sur nos épaules, nos bras. Je déteste qu'on me touche ainsi, sans autorisation préalable et négociée. Il nous explique qu'il ne peut pas fouiller les clients, que son établissement est plutôt bien réputé, tiens, le midi, par exemple, où d'honnêtes travailleurs, des chauffeurs de taxi, des plombiers, ce genre, viennent se régaler du menu à 49,50 F qu'il leur prépare. On l'écoute nous endormir en sirotant notre bibine, puis comme l'heure tourne, et que je commence à avoir entendu assez de conneries pour la journée, j'embraye :

– On va pas vous fermer, vous inquiétez pas. Nous, on veut mettre la main sur les types qui ont tué un chauffeur routier l'autre jour, et qui font dans la vidéo. Alors, ou bien vous avez des choses à nous apprendre, ou bien on part se coucher, en vous promettant de revenir régulièrement s'assurer de la bonne moralité de votre clientèle. Correct, non ?

Bertole hésite, il jette un coup d'œil au garçon, qui se tient soigneusement à l'autre bout du comptoir, en train d'essuyer le même verre depuis cinq minutes.

– En fait, ça tourne pas mal en ce moment, ce genre de matos. Tiens, Cédric, fait-il en se tournant vers le garçon. Raconte-leur comment t'as acheté le caméscope à ta sœur !

L'autre pose enfin son verre, mais garde le torchon. Il s'approche en s'essuyant les mains à son tablier de plongeur.

– Je savais pas que ça venait de l'attaque du camion, sinon…

Histoire de cadrer la situation, je lui fais décliner son identité. Il répond d'une voix monocorde, les yeux fixés sur le calepin que je viens de sortir, comme pour relire ce que j'écris.

– C'est un mec qui vient ici de temps en temps avec des copains. Un qui parle pas beaucoup. Ils se mettent dans un coin, l'après-midi surtout, et ils jouent aux cartes en buvant un coup. Ils embêtent personne, ils font pas de bruit. Un jour, comme on causait de tout et de rien, il m'a demandé si j'étais intéressé par des appareils tout neufs et pas chers. Comment résister ? Ma frangine devait se marier le samedi suivant, et j'avais aucune idée de cadeau, je me suis dit que ça serait original.

– Vachement réussi, observe Cazeaux. Tu lui as offert comme qui dirait une pièce à conviction.

– C'est le geste qui compte, ajoute le patron. Quand c'est fait avec cœur.

– L'assassin du chauffeur routier y est allé de bon cœur, en effet, je dis. Je vous ferai lire le rapport d'autopsie, on l'a tapé sur papier cadeau.

Ça les refroidit un peu. Cazeaux m'adresse un regard de reproche. Il doit me trouver trop cassante.

– Comment s'appelle ce type ?

– Richard. Tout le monde l'appelle comme ça.

Je sens brusquement des picotements partout. Le patron semble avoir arrêté de respirer.

– Vous savez où il habite par hasard ?

Le loufiat secoue la tête.

– Je sais même pas s'il est du quartier.

– Il doit revenir ?

– Il est revenu mardi soir, tout seul. On a parlé un peu. Il faisait la gueule, et il arrêtait pas de reluquer les femmes et de faire des commentaires. Il disait qu'il avait envie… euh…

– D'en tirer une ? C'est ça ?

Il sursaute presque, et me considère avec une expression de surprise et de réprobation mêlées. De si vilains mots dans une si jolie bouche, avait coutume de me dire ma mémé quand j'étais petite. Je ne lui laisse pas le temps de s'étonner davantage.

– C'est quoi, comme type ? La brute épaisse ? Un obsédé sexuel ? Il va voir des putes ?

– Richard lieur de cons ? ajoute Cazeaux finement.

Le patron nous regarde tour à tour en se demandant, visiblement, qui des deux l'attriste le plus.

– Je le connais pas plus que ça. C'est vrai qu'à mon avis, il a pas inventé l'eau chaude, mais bon, des fois, les apparences sont trompeuses.

Il a bien raison de se méfier, dans son métier. Je laisse retomber du silence pour réfléchir un peu à un plan machiavélique. Pendant ce temps, le patron s'agite.

– Merde alors ! Quelle affaire ! Je vous remets un petit coup de raide russkof ? Je constate que mademoiselle est pas du genre à sucer les glaçons !

Il me reluque d'un air vicelard, tout en dévissant le bouchon. Cazeaux se racle la gorge, s'efforçant de ne pas ricaner. Je regarde ma montre.

– Les glaçons ou autre chose, ça commence à faire un peu tard pour moi. Je vais pas tarder à aller mettre la viande dans le sac, Messieurs.

Ces trois couillons se mettent à rire bêtement. Je sais que j'en fais trop dans le genre poil aux pattes et grande gueule, mais ils détestent trop ça pour que je me prive du plaisir de les faire grincer. J'attire Cazeaux à l'écart, et il ne rit plus.

– Je viens d'avoir une idée. On va se servir de ce con de serveur comme appât. Une grosse commande de caméscopes, un truc dans ce genre. Avec un peu de pot, on peut sauter deux mecs du gang.

– Je sais pas si Etchart va beaucoup aimer. Ça risque de faire des bulles, si on intervient.

J'indique au couple de balances qu'ils devront passer demain rue Castéja pour signer leur déposition. Plutôt demain après-midi, je précise, pour me donner le temps d'en toucher deux mots avec mon commissaire. Après ça, j'obtiens sans peine de Cazeaux, qui est au fil des jours de moins en moins pressé de rentrer chez lui, d'établir les procédures au bureau. Il me propose de me raccompagner avec le gyro-deux-tons, mais je lui dis que je suis à dix minutes à pied, que ça me fera du bien de marcher un peu.

De retour chez moi, je tâche d'être discrète pour ne pas réveiller mon toubib préféré. Je me douche longuement pour me détendre et ne plus penser à rien, mais il me vient des images d'arrestation mouvementée ou de piège foireux qui se termine en tuerie. Je ferme le robinet et je mets ces idées bizarres sur le compte de la fatigue. Après, je me glisse sous le drap où ronfle doucement la bête qui sommeille. Il bouge un peu. Je me blottis, je promène mes mains partout et là, stupeur, le dormeur me présente les honneurs au garde-à-vous ! Ma parole ! Il fait semblant de pioncer, et il ne va pas tarder à me jouer la grande scène du somnambule lubrique. Finalement, sa respiration régulière, et des petits soubresauts nerveux qu'il a m'apprennent qu'il est en train de rêver. Ça leur fait ça, souvent, les rêves, aux hommes. C'est assez dire le fond de leur pensée. Je sens sa peau et je l'embrasse en secret, puis je crois bien que je m'endors assez vite, la main posée sur la clé de ses songes.

9

Devant lui, le verre plein d'alcool le nargue de son œil humide. René est bien au chaud derrière la vitre, profitant chichement du soleil, comme une plante malingre. Le verre le fixe toujours, figé dans l'attente de la bouche ravagée de caries, encombrée d'épaves d'ivoire noirci où hésite, peut-être, encore clandestin, un cancer subventionné, une de ces attaques sauvages et monstrueuses qui durent longtemps et coûtent cher à la sécu, engloutissant dans les proliférations anarchiques les cotisations des porteurs sains.

Il tapote le bord de la table ronde cerclée d'aluminium usé, pour briser l'ironie du regard liquide. C'est à ce moment-là que la grande vitre bascule sur lui, et que le plafond pisseux du bar s'effondre d'un bloc et renverse ses chiures de mouches. La chaise craque et le propulse sous la table d'à côté, où un vieux fait son tiercé.

Le verre n'a pas bougé, indifférent au cataclysme halluciné de l'ivrogne.

– Ça va, René ? Putain de moine, tu tiens plus assis ?

Le patron s'est précipité pour le remettre debout, redresse la chaise, appuie le corps tremblant contre la vitre en relevant le col de la chemise.

– Bois un coup, ça va passer, conseille le bistrotier, sûr de sa thérapeutique.

Cul sec, René. Ça lui fait pas peur, un verre. Le voilà vengé. Il lorgne en direction de la vitre, d'un air méfiant. Elle demeure froide et droite. Le plafond est toujours au-dessus de lui. Il frissonne, il a froid, tout d'un coup, et allume une Gitane maïs pour se chauffer les poumons.

Dix heures et quart. François est déjà en retard. Tant mieux. Il ne viendra peut-être pas. Peu à peu les frissons refluent, le vent se calme, René rentre au port la voilure en berne, laissant derrière lui la haute mer du delirium. Il se lève lentement, comme une statue qui fait une fugue, et s'appuie aux tables pour progresser vers le comptoir qui surgit d'un brouillard de larmes.

– Je peux téléphoner ? articule-t-il en dominant l'engourdissement de sa gueule jaunâtre.

– Bien sûr, René. Je te branche. Ça va mieux ?

René tangue vers le récepteur, sous le regard inquiet du patron.

Le numéro. Il tire de sa poche un bout de papier crasseux. Les doigts tremblent sur le cadran. La tonalité lui fait grincer la tête. Ça sonne. Il voit ça d'ici. L'autre se lève juste, il avait oublié le rendez-vous, il a négocié toute la nuit la vente d'un lot pour essayer de doubler ce fourgue pourri qui va les lâcher en pleine mouise. René le sent agacé par la sonnerie qui l'a peut-être réveillé, ou dérangé à un moment critique, et va le plonger dans une humeur massacrante pour toute la journée, on ne pourra rien lui expliquer. Il vaut mieux raccrocher et attendre demain, ou cet après-midi, enfin un meilleur moment, voilà, c'est ça, le laisser se reposer. Pendant qu'il hésite, la sonnerie continue de retentir sans que personne décroche. Sueur. Il doit être en route. Comme il habite à côté, il sera là dans cinq minutes. René constate

qu'il tremble. L'alcool ? La peur ? Il est imbibé de l'un et de l'autre. Et en même temps il transpire.

Tiens, l'autre, justement, le voilà. Sa haute silhouette se lance en avant et pousse la porte vitrée. Il aperçoit René, il sourit.

– On s'assoit ? propose François en lui serrant la main.

– Oui, souffle René en se grattant la joue. Je suis là-bas dans le coin.

François le toise de la tête aux pieds, l'air mécontent.

– T'es déjà bourré ? À dix heures du mat' ? Tu déconnes, ou quoi ?

Il sourit encore, mais à présent c'est Croc-Blanc qui se marre, deux rangées de couteaux bien alignés qui sentent encore le dentifrice.

René le suit péniblement jusqu'à la table, François s'installe avant lui, tournant le dos à la salle. Dès qu'il se retrouve en face de lui, René se remet à suer, et son cœur bat de façon brouillonne.

– Ça va mal. On est grillé de partout. On peut rien revendre si M. Philippe nous lâche.

– Tout ça à cause de ce dingue, fait René. On devrait le foutre à la Garonne avec une pierre au cou, il va encore nous attirer des ennuis.

– Ça fera jamais qu'un mort de plus, observe François.

– Tu l'as revu, M. Philippe ? On pourrait baisser les prix, on pourrait…

– Ta gueule. Et baisser aussi le bénard, pour se faire mettre ? T'es encore plus con que je croyais.

Voix sèche. Un coup de fouet qu'ils sont les seuls à entendre claquer.

René sursaute, se voûte imperceptiblement.

– T'as commencé à vendre ton lot ? demande François en s'efforçant de parler avec douceur.

Son haleine chlorophylle charrie des tonnes de glaçons.

– Ouais. Trois. J'ai récupéré quatre mille balles. Il faudrait plus de caméscopes, ça part tout seul. Les gens sont vachement équipés, de nos jours.

François se sert à nouveau de son sourire carnivore.

– T'as raison. Je vais téléphoner à l'usine pour qu'ils nous livrent demain. T'as le blé ?

René s'attendait à la question, et pourtant elle le dessoûle brutalement. La douche est glaciale, et il ne sait pas comment fermer le robinet.

– Non, François. Avec Dolorès on a eu des petits problèmes de fric, et j'ai dû taper dans la caisse. Je…

– Qu'est-ce qu'on avait dit ?

François tapote du bout des ongles contre la surface de la table. Il se concentre sur les mains fébriles de René qui hésitent autour du verre.

– On avait dit qu'on remettait aussitôt dans le pot pour les papiers dont t'avais besoin.

– Ouais, parce qu'on a tous les flics de la région au cul, et qu'on pourrait avoir besoin d'aller faire un tour en Espagne, où il faudra louer un appart, acheter une nouvelle bagnole, enfin des bricoles qui coûtent vite, tu comprends ça ? Peut-être même qu'avec ta grosse tu pourrais venir passer quelque temps au pays de ses ancêtres, non ?

– Tu sais, nous, les voyages, c'est pas notre truc, hein. Ce qu'on voudrait c'est une petite baraque dans le Médoc et plus se faire chier dans notre HLM avec les Arabes.

– C'est bien, René, d'avoir de l'ambition. À propos d'Arabes, j'espère que tu leur as rien vendu…

– Pour qui tu me prends ? On avait dit qu'on traitait jamais avec eux.

François scrute la face blême, cherche derrière les yeux larmoyants de l'épave. Il a envie de se mettre en colère mais n'y parvient pas vraiment.

– Bon. Écoute. On est mardi, t'as jusqu'à jeudi soir. Dernier carat. Après ça, on se pointe dans ton gourbi et on fait une saisie. Tu vois le genre ?

René voit très bien, il imagine d'ici le spectacle : les portes qui volent, les molaires qui roulent dans les escaliers.

– D'accord. Oui. Jeudi soir je t'appelle, t'auras l'argent. J'aurai vendu du matos, je me débrouillerai. Tout ira bien. D'accord, répète René comme pour se convaincre, tordant sa gueule d'un sourire maladif.

Puis d'un coup, il s'aperçoit que François est parti. Il ne l'a pas vu se lever. Il regarde autour de lui, il se demande si par hasard il ne se serait pas assoupi devant la télé. Le bar est toujours autour de lui. Le verre scintille chaudement. Dans la rue, des bonnes femmes passent en riant. Il liche au fond du verre l'ultime goutte d'alcool. Ça recommence à tanguer, un vent mauvais forcit. Il préfère fermer les yeux.

10

– Et vous avez fait ça où ?

Tayeb hésite. Il regarde la nuit devant lui, où coule la Garonne, par-delà une rangée de peupliers. On entend l'eau suçoter la berge, on sent son haleine lourde.

– Au bunker, putain. Pas sur le parking.

– On avait dit qu'on le montrerait à personne. Même pas à des meufs. C'était top secret, on l'a toujours dit, non ?

– À quoi ça nous sert d'avoir un bunker si on fait qu'écouter de la zique et se branler, merde ? C'est clean, y a de quoi se coucher sans choper des boutons, c'est bien d'en profiter, non ? Quand tu voudras niquer t'auras qu'à faire pareil, et c'est tout ! Et puis Mila c'est pas pareil. On la connaît depuis qu'on pisse plus aux culottes. C'est comme une sœur.

Olive ramasse un caillou et le lance au loin. Dans l'eau, d'après le bruit.

– C'est pire. C'est lamentable.

– Quoi lamentable ?

– On nique pas sa sœur.

Tayeb soupire.

– Je m'en fous. Elle est trop bonne. Tu peux pas imaginer. C'était comme dans un film. Elle en voulait toujours ! Tu m'aurais vu pistonner, putain, t'aurais eu peur que ça fume !

– Ça va, murmure Olive.

– Elle est encore plus belle à poil ! Et puis elle te fait tout ! merde ! Je l'aime trop !

Olive se lève. Il fait quelques pas vers le fleuve invisible. Sa tête est un vrai nid de frelons. Bourdonnements et venin. Il se retourne vers son copain qui s'allume une Camel.

– T'es un enculé. Putain de ta mère.

Tayeb souffle sa fumée vers lui. On voit mal son sourire. On croirait qu'il grimace.

– T'es jaloux, tête de pou. T'as qu'à faire pareil.

– Elle voudra jamais avec moi. Toi, t'as dû l'embrouiller ou je sais pas, elle devait avoir vachement envie.

– Cent balles.

Les frelons arrêtent leur vacarme. Ils se posent tous ensemble, frémissants.

– De quoi cent balles ?

– Tu files cent balles à Mila et tu la niques. C'est tout. Comme avec une pute, sauf que tu la connais bien et que t'as l'impression qu'elle te veut vraiment.

Tayeb voit arriver le coup de pied d'assez loin. Le temps que l'autre dénoue ses articulations, il peut attraper le Nike-Air, le tordre comme pour le dévisser, et laisser le reste s'emmêler au sol, à l'autre bout. Il se dresse.

– Tu veux te battre ?

Il demande ça d'un air attristé, et tend la main à Olive pour l'aider à se remettre debout.

– Tu le sais pas que c'est une sorte de pute, Mila ? Que depuis des mois et des mois elle se trouve des coups un peu partout et qu'elle prend que cent balles ? Y a que toi qu'es pas au jus !

Olive lâche sa main et retombe assis, puis se couche, face au ciel. Il marmonne des injures sans objet, les frelons ont repris leur tapage et se battent entre eux, et se piquent cruellement.

– Ce que je t'ai raconté, c'est de la frime, continue Tayeb. Elle veut rien ni personne, elle dit rien, elle t'embrasse même pas. Elle attend juste que ça soit fini. Elle te touche un peu la queue au début, et c'est tout, elle veut même pas qu'on la touche, tu comprends ? T'as envie de lui filer un walkman ou un bouquin pour pas qu'elle s'emmerde ! Je te jure ! T'as l'impression de niquer une poupée en plastique… Sauf que c'est Mila, qu'elle est super-belle et qu'elle te regarde tout le temps avec ses beaux yeux, et que tu peux lui embrasser ses nichons de rêve…

– Tu dis tout ça pour me faire plaisir, fait Olive.

Il se lève et revient s'asseoir à côté de Tayeb. Il secoue, incrédule, sa tête d'épingle.

– C'est pas vrai, il dit faiblement.

– Mais si, c'est vrai. Elle sera jamais pour nous, je veux dire toi ou moi, tu vois, quelque chose de cool. Elle se trouvera un blaireau plein de thunes, elle lui pondra des lardons et elle lui préparera la croûte. Elle finira avec un gros cul comme sa mère. C'est joué d'avance.

– C'est pas possible, dit Olive.

Il se masse la cheville doucement.

– Tu m'as ruiné le pied.

Il se lève, marche un peu, boitille. Sa longue silhouette vacille en désordre, on croirait qu'elle va se démantibuler pour tomber en vrac. Tayeb l'observe en tirant les dernières bouffées de sa cigarette.

– Bon, faut qu'on y aille. Presque minuit, l'heure du crime. Ça nous changera les idées.

Olive lève les yeux vers les fenêtres, cherche celle de Mila.

– Qu'est-ce que tu crois qu'elle fait, en ce moment ?

Tayeb s'est mis en marche. Dans sa poche, il tripote quelque chose qui rend un cliquetis métallique.

– Ce que tu veux, elle fait. Disons qu'elle pionce toute nue dans ses draps, et qu'on aimerait bien être les draps. Un dessus, un dessous.

Olive le rejoint en trois foulées. Sa tête dodeline un peu. Il regarde autour de lui à l'affût d'une éventuelle voiture de flics.

– C'est où, déjà, ton machin médico truc ?

– Après la Lumineuse. À côté des vieux.

Ils pressent le pas pour aller se mettre à couvert sous les frondaisons des platanes du boulevard qui vient là finir sa course sans issue au bord du fleuve. Olive demande à Tayeb de l'attendre. Il a un truc dans la chaussure, et claudique, et se déhanche, il va se rompre comme un mannequin de bois vermoulu. Tayeb s'arrête pendant que l'échalas se cure la semelle.

– T'es lourd, comme mec, commente-t-il.

– Tiens, un putain de caillou. Je savais bien.

La cité dresse tout aussitôt au-dessus d'eux, sombre, ses alignements de fenêtres condamnées. Tayeb lève le nez.

– J'ai toujours l'impression que ma mère nous surveille de derrière sa vitre.

Ils cavalent sous les coursives. Ils ignorent le moche ballet d'ombres des toxicos qui évoluent lentement, un peu plus loin vers la Garonne, alentour de la voiture de Gino le dealer, cousin pourri de Johnny, le Gitan décapité. Ils sont cinq ou six qui attendent leur tour sans en avoir l'air, à petits pas hésitants, parfois recroquevillés un peu comme s'ils avaient froid dans cette tiédeur nocturne de juin, ou bien décrivant de larges cercles avec la lenteur de fantômes qui prennent le frais.

Tayeb se met à courir.

– Grouille, je veux pas rester près des tox. Et puis le Gino, je vais le tuer un jour.

– Y m'a proposé du brown gratos plus une pompe, l'année dernière, halète Olive en le rejoignant. Je l'ai envoyé se faire enfler.

Ils parviennent sans s'en apercevoir devant la porte du centre médico-social.

– Tu vas voir, fait Tayeb en sortant de sa poche un trousseau magique et une petite lampe torche. Éclaire-moi. Ces portes, ça s'ouvre en soufflant dedans.

Il tripote, il manipule, à genoux devant la serrure.

– Arrête ! dit Olive en éteignant la lampe. Tayeb a bondi.

– Des flics ?

– L'alarme. Y a toujours des alarmes.

– Pas ici, parce qu'y a rien à voler. Ni thunes ni rien. J'y suis venu souvent avec ma petite sœur Chadia pour l'orthophoniste. Arrête de me faire peur pour rien.

Un déclic. La porte s'ouvre.

Il fait noir, et ça sent le médicament comme à l'hôpital. Ils se cognent un peu dans les meubles jusqu'à ce qu'Olive ait l'idée de rallumer sa lampe. Le faisceau faiblard les rassure un peu, mais leurs ombres qui mollissent sur les murs, les auréoles de lumière jaunâtre au plafond, donnent au hall des allures de manoir maudit. Ils s'arrêtent devant une porte. Docteur Lebru. C'est là, pas de problème pour ouvrir ici non plus. Tayeb ricane avec cynisme. Le bureau massif, au milieu de la pièce, s'impose dans la lueur hésitante de la lampe de poche. Olive s'énerve sur les tiroirs qui ne veulent pas se laisser fouiller, et s'empare finalement d'un stylo qui traîne à côté d'un semainier dont il disperse les pages au sol.

– On y est, murmure Tayeb.

Il s'immobilise devant une armoire vitrée. Olive s'approche et pousse un cri. Le reflet de la lampe sur le verre l'a surpris, il se baisse, par réflexe, plie son long corps osseux. Tayeb se fout de lui.

Sur les étagères, des instruments métalliques luisent tranquillement dans leur emballage stérile. Quelques bouteilles, quelques fioles où dorment des antiseptiques, la clé est sur la serrure. Elle résiste un peu, puis claque violemment. Olive s'étrangle :

– Tu vas nous faire repérer !

Ils restent quelques secondes devant l'armoire ouverte, le souffle coupé, comme devant un coffre-fort plein de dollars. Tayeb s'empare d'une grosse bouteille brune. ÉTHER NE PAS AVALER.

– Je m'en fous, je l'avale pas ! Allez ! On s'arrache, fait-il en serrant le flacon contre lui.

En trois pas, il est à la porte.

– Tu te bouges, oui ?

Olive lui fait face en souriant de toutes ses dents émerveillées. Il brandit un objet long et mou dans son poing. Dans la clarté incertaine de la lampe, ça ressemble à un serpent à grosse tête et à deux corps.

– Et alors ? C'est quoi ?

– Un testoscope, s'embrouille Olive. Tu vois pas ? Un truc pour t'écouter les poumons. Ça fait longtemps que j'en voulais un.

Tayeb lève les yeux au plafond.

– Bon. On y va, ou on reste pour la visite médicale ?

Olive se décide, fourre l'instrument dans sa poche, referme l'armoire, jette la clé dans la poubelle vide.

Quand ils arrivent dehors, sous les grands platanes, le vent sèche leur sueur dans la rumeur du feuillage bousculé. Olive indique d'un coup de menton la bouteille d'éther.

– C'est ça que tu voulais prendre ? Pour quoi faire ? Ça endort et ça pue.

Tayeb secoue la tête. Il a un sourire doux et satisfait.

– Si t'en sniffes un peu, tu te sens léger et t'as des hallus. Et t'es pas accro comme à l'héro.

– T'es accro pareil, mon con. C'est pas parce que tu shootes pas…

– Comment tu sais ça, toi ? Ta mère elle est junkie ?

– Je l'ai lu dans des livres. Tu devrais jeter cette merde dans un caniveau.

– T'inquiète, un petit snif de temps en temps, juste pour déconner dans le bunker, je vais voir des volcans et des fées qui volent sur des balais.

Ils se remettent en marche.

– C'est des sorcières.

– Qu'est-ce que tu dis ?

– Sur les balais. C'est les sorcières qui volent sur des balais. Elles emportent les enfants pour les bouffer. J'ai vu ça dans un vieux film, une fois.

Ils marchent sans plus rien dire. Olive laisse les sorcières donner la chasse aux fées, découvrant leurs gencives vides et crevassées en des sourires effrayants, proférant des obscénités dans un ciel parcouru de nuages en lambeaux. Tout se déchire aussi là-haut. Les belles images s'éparpillent. On souhaiterait un bon orage, des traînées de foudre pour foutre le feu. Les deux garçons arrivent en bas de leurs blocs et se séparent sur un vague signe de main. Les portes vitrées, étoilées de chocs, grincent ou claquent. Les ampoules nues des plafonniers leur font des visages creux et tirent sur leurs traits et ils vieillissent d'un coup. Soixante watts de plus.

Tayeb pousse la porte d'entrée, et reste un moment en arrêt. Il est tard, pas loin d'une heure, et à moins que la télé diffuse un match Maroc-Brésil, il ne comprend pas. Pourquoi elle jette encore cette lueur pâle sur le mur de la salle de séjour. Ou alors, le vieux s'est endormi devant. Après avoir dissimulé la bouteille d'éther au milieu des chaussures entassées au pied du porte-manteau, il s'avance.

Ahmed est assis à deux mètres à peine du poste, à califourchon sur une chaise, le menton posé sur les avant-bras. Et il ne dort pas, les yeux écarquillés, collés à l'écran, avalés par les couleurs.

Couleurs chair, un peu orangées. Une femme pétrit entre ses cuisses largement ouvertes la tête d'un type qui la butine en grognant. Elle tourne son visage de droite et de gauche, mécaniquement, en râlant de façon syncopée et volontariste, comme un démarreur grippé. Gros plan humide.

– Qu'est-ce que c'est ? demande Tayeb en s'approchant pour mieux voir.

– T'as vu à quelle heure tu rentres ? Ta mère elle croit que t'es mort ou quoi.

– Un magnétoscope ? À qui tu l'as acheté ?

On aura tout vu. Le père dit toujours qu'il n'a pas d'argent pour ces conneries. Tayeb s'approche encore, les yeux aimantés lui aussi par les plans gynécologiques qui se succèdent dans un crescendo de cris et de glapissements.

– D'où tu viens ? marmonne le père sans détourner son regard.

Sans transition, la partie de jambes en l'air se poursuit au bord d'une piscine vide, avec un doberman qui tire sur sa laisse, attiré hors-champ par quelque chose qui le fait abondamment baver, sans un regard pour l'enchevêtrement de corps qui grouille et gémit à côté de lui. Tayeb se demande furtivement ce que fout ce chien-là, puis essaie de déterminer qui tient la laisse.

– À qui tu l'as acheté ?

– D'où tu viens à cette heure ? insiste le père.

C'est rare qu'il s'intéresse à ce que font ses fils. Ça le prend quand il est content de lui, quand il retrouve un peu de superbe. Au Maroc, par exemple, avec la famille, il serre la vis, il fait la morale, il vaut mieux se tenir à carreau. Mais ici. Il dit toujours qu'il est trop vieux, qu'en France c'est trop dur de tenir les enfants.

– Fais chier, murmure Tayeb en lui tournant le dos.

Il a dit ça pour lui, sans vouloir offenser, persuadé que le père n'a pas entendu, absorbé par l'action plutôt haletante du film.

– Répète ce que t'as dit ? se redresse le père.

– Rien. J'ai rien dit.

La gifle a griffé l'écran et expédie Tayeb sur le canapé aux ressorts épuisés où il s'écrase, la tête rentrée dans les épaules. Quelques comètes traversent en trombe son champ de vision, pendant qu'une bonne femme clame son plaisir.

– Je fais ce que je veux ! comme toi ! t'achètes un magnétoscope à qui tu veux, et moi je vais où ça me plaît !

À côté de lui, comme sa main tâtonne, peut-être à la recherche de son souffle, elle trouve un emballage défait qui dégueule du plastique à bulles et des torsades de câble électrique. Un caméscope, tout neuf. Tayeb approche l'appareil de ses yeux. Le paternel marche sur lui. Il est petit et râblé, ses mains s'agitent en ombres menaçantes sur la lueur de l'écran, comme des battoirs. Revers et revers. Bague. L'arcade sourcilière s'ouvre et pisse. Tayeb recule en chancelant. Il gueule et balance le caméscope par la fenêtre ouverte.

– Tiens ! va le chercher !

Derrière lui, il trouve une sorte de vase bleu hérissé de chardons. Même trajectoire.

Le père s'est figé net, la main en l'air, le bras armé.

– Encore ! gémit la télé.

Ahmed se retourne, surpris, vers les images qu'il avait oubliées. Il a perdu le fil. Tayeb essuie du bout de ses doigts le sang qui lui coule sur la figure, puis se met en garde.

– Approche pas !

Son père offre son torse, bras écartés.

– Vas-y ! Tape ton père !

La porte d'une chambre a un petit grincement, la chemise de nuit bleu roi de la mère s'agite dans le noir. La femme fait quelques pas, s'immobilise devant la télé, mains sur la tête, bouche bée au spectacle d'une fellation en plan rapproché. Ahmed se tait. Il laisse retomber ses grosses mains. Son regard hésite entre sa femme raide d'écœurement et son fils qui attend son assaut.

Bruits mouillés sur l'écran.

– Plus vite ! fait le poste.

– Mon Dieu ! Mon Dieu ! geint la mère. Quelle horreur !

Elle se retourne vers le chef de famille :

– Tu veux nous envoyer tous en enfer ! C'est des saloperies pour les Français !

Elle saisit son homme par le col de sa chemise et le secoue comme un dattier. Il tente de la calmer en souriant quand même, tout en la repoussant vers la chambre. C'est pour les hommes, il explique. Ça ne la regarde pas, qu'elle aille se recoucher. Mais elle s'accroche, les yeux pleins de larmes, et tente de lui choper la joue, toutes griffes dehors, en poussant des cris aigus.

Gifle claque. Non mais des fois. Une autre, pour équilibrer le corps qui chancelle. La femme se protège comme elle peut, coudes pointus. Ahmed se fait mal et l'envoie dinguer contre un guéridon. Le poste ahane, la femme battue gémit, un étalon de service mugit des obscénités en s'acharnant sur une croupe convulsive.

Salaud, oui, plus fort, pars dans ta chambre si t'en veux pas une autre, c'est bon couine une voix vulgaire.

La sonnette fait taire tout le monde, baiseurs compris, enroulés dans la bande qui se termine. La femme se replie dans la chambre. Ahmed avise son fils qui baisse soudain sa garde. Ils restent tous les deux suspendus dans leurs gestes bloqués. Le père se décide à aller ouvrir.

Le mouvement de recul qu'il a. Le regard qu'il jette, là-haut, à ce visage de grand flic masqué de pénombre par la visière ramenée sur les yeux. Pouces fichés dans le ceinturon, le colosse lui fait vraiment peur. Derrière, un grand type en gilet de peau se tient le front, d'où coule un peu de sang. Il tient aussi, de l'autre main, un gros chien en laisse.

– Qu'est-ce qui se passe ici ?

– C'est rien, monsieur l'agent, c'est mon fils qui…

– Quoi c'est rien ? Vous réveillez tout l'immeuble, et vous jetez des trucs par la fenêtre. Ce monsieur a été blessé ! regardez !

Le type au gros chien montre sa plaie. Du bleu qui enfle, du rouge qui coule.

– Avec ça ! intervient un autre flic, courtaud et gras, la moustache tombante. Un caméscope !

Dans le couloir, une petite foule commence à se rassembler. On entend pleurer des enfants, résonner des questions. On sent un certain flottement : ces deux flics au milieu du couloir, l'homme qui saigne, son chien à la main, on a du mal à interpréter.

– Allez vous coucher ! conseille le grand flic.

– Ouais ! Demain y a ANPE, faut pas louper ça ! rétorque un Noir qui tient un bébé dans ses bras.

– T'as qu'à devenir flic, c'est un vrai métier de feignant ! lui balance un gamin qui remonte tout le temps son vaste bermuda.

Les gens se marrent. Quelques-uns obtempèrent.

On envoie l'homme au chien se faire soigner, et les deux flics demandent à entrer chez Ahmed. Ils se campent au milieu de la salle de séjour, en jetant dans tous les coins des regards curieux.

– Sont pas mal, ces logements, observe le moustachu.

– Oui ils sont bien, ici. Ils ont la Garonne tout près. Moi quand j'ouvre ma fenêtre, j'ai le mur du voisin.

Ahmed leur propose des chaises, du thé. Ils s'assoient, et le plus grand sort un calepin de sa poche.

– Bon. Je vous signale que M. Gachou a décidé de porter plainte. Demain, il va chez son médecin pour se faire faire un certificat médical.

– C'est l'emballage du caméscope, ça ? Il est tout neuf ? demande le moustachu. Vous jetez des appareils à cinq ou six mille francs par la fenêtre à deux heures du matin ?

– Peut-être qu'il l'a pas payé cinq mille francs, fait l'autre. Vous avez la facture du caméscope, monsieur euh… El Mestari ?

Ahmed le regarde fixement. Il y a quelque chose qui meurt dans ses yeux. Il va jusqu'à un placard où il fouille un peu, puis revient avec un portefeuille.

– Là mon passeport, et ma carte de séjour. Tout est bien en règle.

Le flic jette un coup d'œil hâtif aux papiers, et les pose sur la table.

– La facture.

– Je l'ai perdue. Vous avez pas le droit, plaide Ahmed.

– Le droit ?

Les deux flics se regardent. Le moustachu secoue la tête lentement.

– Vous n'avez pas le droit de blesser les gens en jetant des objets par la fenêtre, vous n'avez pas le droit de foutre le bordel à deux heures du matin. Vous pouvez comprendre ? Nous, on a le droit de vous embarquer pour outrage et rébellion si vous continuez à nous prendre pour des cons.

Son collègue s'est approché du magnétoscope. Il éjecte la cassette.

– Du cul. C'est pour ça qu'ils sont excités. Et la fatma, où elle est ? Elle se remet de ses émotions ? Il est neuf, lui aussi, le magnétoscope. T'as perdu la facture aussi ?

– Laissez ma femme tranquille, dit Ahmed. Tout est de ma faute.

Un petit claquement leur fait tourner la tête à tous : Fousia sort de sa chambre, minuscule dans sa longue chemise de nuit. Elle vient se fourrer dans les jambes de son père. Elle dit qu'elle a soif. Tayeb se précipite et la prend dans ses bras pour l'emmener dans la cuisine. En chemin il embrasse les joues tendres, les yeux très noirs et tout écarquillés. Il lui chuchote des mots rassurants, une histoire de bonbons qui volent et qu'elle retrouvera sous son oreiller demain matin. La gamine boit à longs traits son verre d'eau en observant tour à tour les deux flics, son père, son frangin. Elle demande entre deux gorgées qui sont ces messieurs.

– C'est rien, ils comptent pas, chuchote Tayeb. Faut te recoucher. Chadia est réveillée ?

– Ouais. Elle m'a demandé de venir voir.

– Alors va lui dire, et rendormez-vous.

La petite trotte vers sa chambre en se grattant une fesse et fait au revoir à toute la compagnie. Le flic moustachu lui renvoie son salut et son sourire, attendri, mais son collègue l'ignore. Il n'est pas venu ici pour border les petits Arabes. Ne pas confondre.

– Bon. On perd du temps, fait-il. J'appelle le Central.

Il manipule son talkie-walkie, s'identifie, explique sommairement de quoi il s'agit. Un peu d'attente, rayée d'interférences et de grésillements.

– Vous le ramenez, fait une voix. Prenez les appareils avec vous. On enverra un OPJ demain. Vous voulez du renfort ?

– Non, c'est calme.

Il se tourne vers Ahmed.

– Vous allez nous accompagner au commissariat. Il faut qu'on vérifie quelques bricoles. Prenez vos papiers et une veste.

Ahmed se rapproche de Tayeb. Il est soudain petit, précaire. Puis il s'empare d'une chaise, qu'il brandit vers les deux flics.

– Je viendrai pas ! gueule-t-il.

Tayeb lui conseille à voix basse de se calmer. Il lui fait observer que les flics vont tout casser, que ça va faire peur aux petites.

– Je peux venir avec lui ? demande-t-il.

– Toi, restes-en dehors de ça, dit un flic. Écarte-toi.

Il marche sur Ahmed, il saisit un pied de la chaise.

– Bon. Tu te calmes, ou on te fait descendre les cinq étages à coups de pompe. Nous oblige pas à être durs.

Il attrape à son ceinturon une paire de menottes. Ahmed baisse la tête, tend les mains.

– Dans le dos. Et tiens-toi tranquille.

Ils sortent. Ahmed ne regarde plus rien que le sol. On ne sait pas s'il le voit. Il ne sait pas où il met les pieds. Tayeb l'accompagne jusqu'à la porte de l'ascenseur, il observe bien la gueule des flics pour s'en souvenir, et il n'a pas le temps, lorsque la porte se referme, de croiser le regard de son père qui a cherché le sien.

11

C'est là qu'il est bien, René. Quand il flotte et qu'il sent sous ses pieds chaque coup sourd des petits remous du fleuve contre la coque. Une ligne pend à droite, un petit filet rond s'accroche à l'arrière, qu'il plonge avec de la viande accrochée au fond, ou des sardines étripées, et qu'il remonte d'un coup sec pour surprendre les poissons entre plat principal et dessert quand il les imagine grouillant les uns contre les autres à grands coups de caudale dans les flancs du voisin, avec les crevettes pour arbitres. Mais attention, pour la remontée. Bras durs et vitesse, il faut. Souvent pour rien. Vu la vase épaisse que l'eau transporte, toute cette merde en suspension, ce limon qui vous fait les plaines fertiles et les fruits du Lot-et-Garonne hors de prix, on peut se demander si les bestioles ne s'arrêtent pas là comme par hasard, tout heureuses de rencontrer un hamac en se cognant dedans et de s'y reposer deux minutes en grignotant, c'est encore loin la mer.

Il flotte, René. Paisible. Il oublie ses soucis. Il est très fort pour ça. Une vraie machine à refouler. Un peu comme une drague, justement : il absorbe la boue et rejette de l'eau claire, ou presque. Ce ne sont pas les bateaux entrant dans le port qui vont troubler son œuvre d'assainissement mental en lui faisant le coup de la vague meurtrière.

Il y a quelques années, oui. Vous aviez souvent des remorqueurs qui poussaient devant eux des remous d'un mètre cinquante de haut, puis derrière venait le navire qui coupait dans l'eau grasse des paquets de saindoux marron comme un charcutier malpropre s'énerve après ses rillettes et éclabousse tout autour de lui. Ça compliquait tout, en ondes croisées, pas question de faire la sieste en attendant les aloses. Il valait mieux placer la barque face aux vagues et s'accrocher. Maintenant, c'est la paix. Ceux qui remontent encore jusqu'à Bordeaux sont du genre cargo de poche, qu'on pourrait décharger avec des caddies de supermarché ; ou alors des yachts pour rupins, tout blancs et chics, pointus à l'avant comme des couteaux. Avec des braves gens qui font bonjour depuis le bastingage, salut mes cons. Un jour, vu que le chenal s'envase et que le dragage coûte cher, ils vont rester plantés dans la merde avec leurs chapeaux de paille, et il faudra attendre un gros coefficient de marée pour les dégager. René se dit qu'il aimerait être là, avec sa barque, pour leur tourner autour et tâcher de leur vendre des cartes postales, parce que la place des Quinconces, les belles façades rénovées, les toits d'ardoise bien alignés comme pour la revue de détail, ils risquent de ne jamais les voir venir lentement à leur rencontre dans l'émerveillement de la découverte.

Il imagine ça en souriant, René. Des cadres suédois en rade sous le pont d'Aquitaine ou devant la Cité lumineuse, le zoom triste, le caméscope en berne.

Heureusement, il y a davantage de poissons que de bateaux, et ça lui convient. Pas des tonnes, mais de quoi vendre à la criée sous les fenêtres en gueulant « aloses ! », « crevettes ! », « poissons frais ! » selon les cas. Il est connu pour ces cris frétillants, ces longues plaintes qu'il accentue et module comme une sorte de chanson rituelle. C'est un peu son enseigne sonore qui enfle et grimpe les étages pour ouvrir les fenêtres. « Je descends ! » lui crie-t-on, et il attend en fumant une maïs, bien campé sur ses petites jambes.

Aujourd'hui, une alose, sans doute la dernière de la saison, et deux cents grammes de crevettes, juste de quoi prendre l'apéro. Il vendra l'alose à Ahmed, quand les flics le relâcheront. Il adore ça. Il lui achèterait n'importe quoi les yeux fermés, sauf des crevettes « parce que ça bouffe des cadavres », comme si les poissons se contentaient de sucer de l'herbe… Mais il adore ça, et puis il a tellement confiance en René. Pourquoi il est allé foutre le bordel à deux heures du matin en se battant avec son fils, alors qu'il est si tranquille d'habitude Ahmed ? Va savoir. Paraît même qu'ils ont jeté des trucs par la fenêtre et que le père Gachou a pris quelque chose sur la gueule alors qu'il promenait son chien. Grosse affaire, tout le monde en parlait dans les couloirs ce matin quand René est parti à la pêche. Mais il n'a pas cherché à savoir le fin mot. Il s'en fout complètement des ragots. Ils auraient bien pu balancer leur télé par la fenêtre, tant que ça tombe pas au milieu du poiscaille qui zone autour du filet.

Il rame encore un peu contre le courant du montant qui commence, histoire d'aller voir sous le pont suspendu comment la situation se présente. Il se mettra à l'ombre du pilier rive gauche, parce qu'aujourd'hui est un jour à prendre un coup de soleil à peler jusqu'à l'os, et il s'ouvrira une bière pendant que ça trempe. Au fond de la barque, cinq ou six canettes roulent parfois leur tintement vide au gré des remous. Il ne les a pas balancées dans le fleuve parce que depuis quelque temps il se sent vachement sensible aux thèses des écologistes. Avec cette chaleur, il n'y a que la bière. Y a bien le pastis, mais sans les glaçons, René trouve que le plaisir est gâté. C'est que ça donne soif, toute cette eau dégueulasse autour de soi. Mais on devient méfiant vis-à-vis des robinets.

Il jette une petite ancre, tout en sachant que dans une heure il sera repoussé vers la ville par la marée qui aura forci. Pour l'instant, il s'accroche à peu près. Un monstrueux renvoi lui tord l'œsophage. Une boule d'air prédigéré se coince, hésite, remonte affreusement en lui dilatant le conduit. Il chasse d'un geste de la main la nappe nauséabonde qui stagne devant son visage dans l'air épais de chaleur. Pour conjurer cette pollution, il allume une maïs et décide d'ignorer la protestation de ses bronches qui se hérissent.

12

La tête est arrachée par un coup de hache qu'on n'a pas vu venir, et du cou déchiqueté jaillit une gerbe de sang cependant que la lame se plante dans le thorax convulsé et y traque méchamment ce qui reste de vie. Puis la scène se fige, la hache soudain se retire, la tête revient sur les épaules. Richard écrase la touche lecture de la télécommande et relance l'action. C'est la scène qu'il préfère. Quand ce type qui se croyait plus fort que les autres est décapité et que le tueur lui bouffe ensuite à pleines dents tripes et boyaux. Il a monté le son assez fort pour mieux vivre ce grand moment. Il mange des saucisses cocktail à même la boîte, comme autant de bouts de doigts qui auraient été livrés avec la cassette pour donner au film un prolongement singulier dans la réalité. Il est vautré dans un fauteuil de camping, les pieds calés sur des cartons d'emballage. À côté de lui un petit ventilateur agite un peu l'air chaud accumulé dans la pièce, ancien bureau du garage, où il s'est installé. Un réchaud à gaz, des conserves, un matelas jeté dans un coin, sur lequel il a posé tout à l'heure son pistolet démonté puis remonté pour la troisième fois aujourd'hui. Il regarde le film sans ciller, les paupières lourdes, comme s'il allait s'assoupir. Il ne pense à peu près à rien. Il y a un quart d'heure, il s'est levé pour aller regarder par la porte du fond le jardin à l'abandon, planté de deux cerisiers dont les fruits noircissent au soleil dans un désordre de moineaux affamés, et de quelques rosiers en fleur peu à peu étouffés par des ronces qui envahissent tout. Il a jeté un coup d'œil aux murs de ciment qui séparent cette friche d'autres jardins. Mais la chaleur, la lumière aveuglante du soleil, l'ont vite obligé à refermer la porte. Après, il est allé pisser, il bandait un peu, ça l'a surpris, et il a eu envie d'une femme, n'importe laquelle, qu'il aurait pu bourrer sans retenue. Aux images obscènes que son petit cinéma a produites, son érection s'est raffermie, et il a eu du mal à se rajuster pour sortir des toilettes.

À présent, des flics ramassent les morceaux du cadavre et ils dégueulent copieusement. Richard vérifie dans la boîte qu'il ne reste plus de saucisses, et la jette à l'autre bout de la pièce. Au même moment, une main se pose sur son épaule et il sursaute, il étouffe un cri, il bondit sur ses pieds. François et Manu regardent l'écran avec dégoût.

– Comment tu peux rester devant ces saloperies ? C'est vraiment dégueulasse, ces films.

Les hurlements d'une victime résonnent dans la pièce, ponctués de chocs, de craquements d'os et de meubles brisés. François prend la télécommande et arrête le massacre.

– Merde ! proteste le cinéphile. C'était bientôt la fin ! Y sont bien faits ces films. Si t'aimes pas ça, n'en…

– Ça va, ça va, l'interrompt François. On va pas faire un débat.

Il examine le réduit, puis se baisse vers le coffret d'une cassette.

– Du cul, en plus. Faudra que je te prête des films avec Van Damme, c'est quand même plus malin !

– Au moins, y a une histoire, ajoute Manu. Là, tu t'abrutis.

– Qu'est-ce qui pue donc tant ? demande François.

– Les chiottes. La fosse septique a pas dû servir depuis longtemps.

– Bon faut qu'on discute. On va se mettre à côté.

Richard éteint le poste en soupirant. Au passage, il prend son pistolet, qu'il glisse dans sa ceinture. Ils s'assoient autour d'une petite table de camping sur des pliants en nylon. Manu est allé chercher dans la voiture un pack de bières fraîches. On boit ensuite sans rien dire, on zyeute en douce l'entassement de cartons qui dégage une petite odeur de neuf.

– Où t'as planqué les flingues ? demande Manu à Richard.

– Dans le faux plafond du bureau. Je me suis fait chier à caser le fusil à pompe, mais ça va. Ils sont au frais. Pourquoi tu me demandes ça ?

En guise de réponse, François et Manu décapsulent une autre canette. Ils échangent un regard lourd de sens. On comprend, même Richard, qu'ils ont des choses importantes à dire.

– J'ai revu M. Philippe, commence François. Il a encore repoussé le chargement. Il prétend qu'en ce moment ça craint trop aux frontières. Il veut aller livrer tout ça en Pologne, il paraît qu'ils ont un pouvoir d'achat meilleur qu'en Roumanie. Je sais pas… Je connais rien à ces conneries, moi.

– Moi non plus, précise Richard. Mais les Roumains c'est des minables, moitié manouches et compagnie… Des fois, on les voit à la télé. Sacrée merde, dans leur bled. C'est mieux, les Polonais. T'as raison.

Manu soupire. Il allume une cigarette, il se lève, fait le tour de sa chaise, assez tendu. Il se rassoit avec effort. Un peu de sueur luit sur son nez.

– François veut dire que ce fils de pute est en train de nous lâcher. Il devait passer avant-hier avec ses gars, et il a annulé au dernier moment. C'est la deuxième fois. Il nous prend pour des billes. C'est pas une histoire de Polonais ou de Roumains, tu comprends ?

– Alors ?

– Alors, reprend François, s'il ne se décide pas demain dans la journée, on ira chez lui prendre le pognon qu'il nous doit.

– Bonne idée, ça, dit Richard. Cet enculé. À propos… Il garde tout son blé dans son buffet, chez lui ? Ou alors on accepte les chèques ?

François et Manu le fixent, l'air ahuri. Il les habitue peu aux raisonnements, aux performances logiques.

– Tu phosphores, toi, dès qu'on parle dollars, observe Manu. Il vit depuis un an avec une fille, une espèce de pouffe qu'il a ramenée du Venezuela. On la gardera au frais pendant qu'on l'enverra faire un petit retrait à sa banque, accompagné de l'un de nous. À son retour, on prend les sous et on se casse. Y a juste dans la maison un grand pédé qui monte un peu la garde et fait la bouffe, mais ça devrait pas être un problème.

– On l'enfermera dans la cuisine ! s'exclame Richard. Et la nana, elle est belle ?

Ses yeux se sont allumés d'une lueur trouble. François décide d'éteindre ça tout de suite :

– Même si c'était Carla Bruni, on n'y touche pas. On la garde, on la regarde, on lui fait du café, on lui offre des gâteaux si elle en veut. M. Philippe, c'est un amateur de femmes. Je veux dire un branque. Il considère un peu ça comme des œuvres d'art, comme une sorte de collectionneur. Que des canons, des tapins de luxe, comme dans les revues de cul, tu vois ? C'est un de ses secteurs, ça. Il fait un peu l'imprésario, à ses moments perdus. Alors c'est bien simple. Si on en menace une, on le tient. Si on l'abîme, il nous raye de la carte. Il bosse avec des gonzes plutôt mauvais, si tu veux savoir. Des pros de la came et des putes, pourris jusqu'à l'os, avec de la puissance de feu et si ça se trouve des relations haut placées. On joue vachement serré, mais pas question de baisser culotte devant ce mec.

Silence. Bouteilles décapsulées, gargouillement sourd et saccadé des œsophages. On ne se regarde plus. On pose ses yeux où on peut.

– Moi, j'ai pas peur de ces tantes, marmonne Richard comme pour lui-même. Vont prendre ma puissance de feu dans la gueule, putain, ça va pas traîner. On pourra même pas compter leurs dents pour les identifier.

Il a une rage sourde qui gronde dans sa cervelle, Richard. Qui lui bouscule encore plus le désordre intérieur. C'est comme des éclairs, mais rouges, et qui durent, et qui chauffent fort. Une espèce de forge infernale où ne se fabriquent que des armes, et d'où ne sortent que des morts.

– C'est pas la peine de s'énerver, dit François comme s'il avait entendu le vacarme. Du sang-froid.

Méditation. Richard calme les feux. Il place juste sa main dans sa ceinture, sur la crosse de l'arme. Il s'écoute respirer.

Au bout d'un moment, Manu allume une cigarette, et remue faiblement sur son siège.

– Et puis y a le problème de René.

François a un sourire crispé. On dirait qu'il a mal.

– C'est un vieux pote, mais il charrie vraiment. Il nous doit du blé, il sait qu'on en a tous besoin pour les cartes d'identité. On passera le voir ce soir, de nuit. Ça m'embête de le secouer, mais je le sens mal sur ce coup.

– À nous trois, on devrait l'émouvoir rien qu'en prenant l'air brutal, dit Richard.

– Non. Toi, tu restes ici planqué, dit Manu précipitamment. Pas question de courir des risques. Les flics chauffent toute la ville pour nous trouver. Ils doivent savoir qu'on est trois, on peut pas se balader ensemble comme des cons et tomber au premier contrôle.

Richard se lève brusquement. Le pliant vole derrière lui. Il brandit son pistolet sous le nez des deux autres.

– Dix jours que je bouge pas d'ici ! Comme un rat, je suis, et vous, vous jouez les petits chefs, vous décidez de tout ! On tombera à aucun contrôle ! Je leur transforme leur panier à salade en écumoire, moi, putain ! Et z'avez intérêt à pas me casser les couilles !

– C'est quoi, ton calibre ? demande François, mezzo voce.

– Star M 28 ! proclame le branque fièrement.

– Hyper doux dans les départs, on m'a dit. Du matériel de pro.

– Je veux, ouais !

– Alors tu fais gaffe avec. Si on en a besoin un jour, je compte sur toi.

Il fixe l'énervé droit dans les yeux, et lui sourit avec une sorte de tendresse.

– Tu viens avec moi chez René ce soir. Mais sans ça.

Richard pose le pistolet sur la table avec les précautions dues à un objet de cristal.

– D'accord, fait-il en se rasseyant. Je suis cool. Excusez-moi.

Manu lui donne une tape amicale sur l'épaule avec un sourire contraint.

– Allez, va, c'est rien. On va tous les baiser. Tu vas voir.

Il reprend une bière, et la boit lentement en contemplant le stock d'appareils sagement emballés. On a l'impression, à la lourdeur soudaine de ses paupières, qu'il ne pense pas un mot de ce qu'il vient de dire.

13

Au début, on croirait King Kong qui marche dans la forêt en faisant les gros yeux, avec dans la main l'héroïne qui respire fort en gros plan. Il écarte de grands arbres d'un revers de pogne et ça se froisse, ça craque, des troncs millénaires sont abattus d'une manchette, et se produisent de sourds effondrements. Puis ça fait tambour au loin, tam-tam de jungle. Une guerre s'annonce, cannibale sûrement. Le souffle bloqué, on entend les saletés de serpents ramper dans tous les coins. Frottements suspects, petits bruits humides, le sol se digère lui-même en suçant sa pourriture, et gobe parfois une bestiole imprudente. On sent partout bouger, sous des feuilles où s'égoutte la dernière pluie, des créatures forcément venimeuses ou velues, du poison plein les poches. Le bruit de forge reprend, c'est un ciel qui râpe la cime des arbres. Un abrasif invisible mais régulier.

Olive ferme les yeux, et c'est technicolor. Du vert partout. Des éclats rouges. Des mares glauques irisées de mauve. Bourdonnements bleus autour des pourritures. Des sons monstrueux remontent en foule dans ses oreilles par les écouteurs du stéthoscope et viennent inquiéter ses tympans, se bousculent dans son cerveau, déguisés en images rapides. Des singes sautent dans les branches, effrayés par le vent chaud d'un soupir large et profond qui secoue leur perchoir comme un fagot de sarments. Il perçoit, juste au-dessous, le Niagara étouffé de son estomac qui sécrète avec un clapotement marécageux.

Méfiant, il explore ses cavités comme si elles étaient peuplées d'animaux visqueux dont il imagine les yeux luisants, les mufles écailleux. Il se laisse couler dans cette forêt viscérale où remue sa vie comme un Eldorado mouillé, mouvant, parcouru de plaintes aiguës, de tonnerres épais. Le conquistador s'enfonce dans une vase animée de bulles, ridée de gros frémissements, paralysé par la peur, cherchant un ciel qu'il ne voit plus.

À chaque fois, c'est la même trouille de ne plus pouvoir sortir de là. De rester prisonnier de ce nouveau monde qu'il trimbale pourtant avec lui. Il pose le tympan de l'appareil sur sa poitrine, il est presque assourdi par l'horloge de son cœur qui explose à chaque seconde, puis il fait glisser l'appareil sur son ventre et se sent plonger, se noie sans résister, dégringole dans le vacarme mou. À chaque fois, il doit arracher le petit rond froid, le souffle court, et se débat contre les branches des écouteurs plantés dans ses oreilles comme si c'étaient des reptiles surgis de lui-même.

– Qu'est-ce que tu fous ?

Cette voix, ici. Il ouvre les yeux sur la pénombre rectangulaire de la pièce. La lumière découpe des angles droits contre les volets tirés. Les cuisses de Mila dressent leur angle aigu. Compas. Le centre est en haut. Triangle rêvé. Fin de la géométrie.

– Rien, rien… Je m'écoute en dedans.

– Le cœur, les boyaux, tout ça ? Où tu l'as eu ?

– Elle montre du doigt le stéthoscope.

– Je l'ai chourav' au dispensaire.

Mila pose au sol le minuscule sac qui pend à son épaule, puis elle regarde sa montre. Le garçon ne la quitte pas des yeux. Il se demande si c'est la vraie. Des fois, dans ces cas-là, on se réveille et tout s'évanouit.

– Bon, dit-elle. Je suis venue.

Elle entreprend de dégrafer sa jupe. Elle regarde le mur, au-dessus d'Olive. La tapisserie à gros motifs pastel.

– J'ai les sous, murmure Olive.

Pour le prouver, il se tourne de côté et fouille sous un coussin. Il pince le billet de cent entre index et majeur, et quand il la regarde à nouveau, elle est nue. Tout simplement. Et ce coup-là ses yeux sont rivés sur lui, mais vides, absents. On ne sait pas si elle le voit. Il se pousse un peu, elle s'allonge lentement, une jambe repliée.

– Tu restes comme ça ? Je veux dire habillé ?

Il a toujours, comme collé aux doigts, son billet dont il ne sait pas quoi faire. Il a le geste de le poser par terre, au pied de l'espèce de lit.

– Donne, dit Mila.

Elle lui tourne le dos pour ranger l'argent dans son petit sac. Olive en profite pour ôter son tee-shirt, puis se contorsionne pour tirer sur son short. Vite, tant qu'elle ne le voit pas. Mais ça bloque à la ceinture. Il force. Un muscle de son bras se tétanise. Il est au bord de la crampe. La sueur coule. Mila se retourne, puis pouffe de rire. Elle lui demande s'il fait sa gym. Il retombe découragé, humilié. Il va peut-être pleurer. La honte. Il veut ne plus exister. Il ne mérite rien.

– Tiens, je vais t'aider. C'est bien parce que t'es mon amoureux transi.

Les doigts de Mila sur sa peau, au pointu de la hanche, puis dans le creux tout à côté. Elle s'agenouille et tire vers elle, soudain grave et appliquée comme si elle changeait un chiard. Il soulève un peu son bassin, elle va chercher par-derrière ce qui coince encore et l'ensemble se met à glisser sur les cuisses raides, accompagné de dizaines de petits impacts électriques qui énervent la peau glabre, et ça descend toujours, Olive a envie de cacher son grand truc palpitant que les mains de Mila ont soigneusement évité, il n'ose pas regarder, c'est tellement ridicule, alors il porte ses yeux sur les seins, ce regard de chair aussi fixe que celui de la fille, puis sur les courbes, soulignées d'une clarté mate, puis dans les coins d'ombre, il parcourt ainsi à toute vitesse le relief de la planète inconnue, se demandant s'il pourra s'y poser et quels périls l'attendent… Il a déjà vu ces films où l'on se fait dévorer pour rien sur des corps célestes non-identifiés sous prétexte qu'on a tenté d'explorer une grotte luisante aux lueurs incertaines. Il tend la main, touche l'arrondi d'un genou, tant pis pour son scaphandre, il n'en reviendra probablement pas.

– Laisse, dit-elle tout bas en écartant son bras. Laisse.

Elle vient sur lui. Elle le prend entre ses cuisses, elle le couvre. Bouge lentement contre lui, sa figure perdue dans son cou.

– Touche-moi, elle dit.

Il pose ses mains sur son dos. C'est chaud, mouillé de sueur, mobile et glissant. Il trouve un oued dont le courant doux l'entraîne vers la chute… Il n'y croit pas. Il n'ose pas regarder parce qu'il lui faudrait se redresser un peu et la déranger, silencieuse qu'elle est depuis un moment sur son épaule. Il en a vu, pourtant, et des vertigineux, en photos ou en films, de ces canyons torrides. Mais sous ses doigts, il apprend le volume, la troisième dimension et les suivantes.

Après, quand elle le happe, enfin redressée, c'est un grand roulis, un vol plané d'oiseau de mer, il se dit que Tayeb a raconté n'importe quoi, parce qu'elle ne le regarde pas fixement, elle ferme les yeux, elle sourit un peu. Il aimerait que ça dure encore beaucoup mais une sorte d'onde commence à rouler au rythme de leur bassin, tango, valse, les tempos se mélangent en accélérant, rien à voir avec le trash métal branleur ou la java foutre de la veuve poignet, c'est de la houle music, avec des percussions dans le ventre et des basses inaudibles qui vibrent fort. Et quand Mila s'abat sur lui en criant il a un instant de doute, il croit qu'elle a mal ou qu'elle va se mettre en colère, si bien que ça le retient un peu et qu'elle en profite pour s'exaspérer, ses seins écrasés contre sa poitrine maigre, ses chairs bouleversées et douces frottant les aspérités de sa carcasse, elle lui dit viens, et il obéit, ciel, arbres, falaises, il frôle tout et repart vers le bleu aussitôt, bouche ouverte, il veut se mettre les nuages vers quoi il fonce plein la gueule pour les mâcher mais retombe mollement sur un matelas d'herbe chaude. Tant pis, il ne lutte plus, il ne veut plus rien, et il la serre contre lui, et elle pèse plus lourd à mesure qu'elle s'apaise. Il peut alors pleurer, vannes béantes, avec des sanglots qui le secouent en silence, il y a si longtemps qu'il n'a pas chialé comme ça, c'est tellement bon.

Elle ne bouge plus. Il entend juste son souffle calme. Il hasarde un baiser sur la peau tiède. Puis elle se dégage un peu, elle le regarde avec curiosité. Elle sourit pour de vrai, la figure rayée par des cheveux collés. Elle l'embrasse doucement au coin de la bouche, ne rien faire, se dit-il, sinon je vais me réveiller, cette fois-ci ça va pas rater, et en s'écartant de lui d'un petit bond, elle lui mordille le bout du nez.

Elle fume une cigarette, qu'elle regarde parfois, entre deux bouffées, comme si c'était la meilleure du monde.

À un moment, elle rit silencieusement.

– Merde, j'aurais pas cru…

Olive ne cherche pas à comprendre. Trop de brouillard, mais doux, avec le soleil pas loin derrière. Il observe bien la pièce, il détaille les quelques objets qui traînent, les fringues, le poste de radio, il se concentre sur les bruits du dehors, tiens, un train qui passe sur l'autre rive du fleuve, un qui s'en va, qui va voir ailleurs si c'est mieux, avec des gens impatients d'arriver. Il énumère mentalement tous ses repères habituels puis conclut tranquillement qu'il est bien là, à côté de celle qu'il aime, comme dans les films, enfin, les vrais films… Désormais, il ne regardera plus que ceux-là.

Ils se sont rhabillés sans rien dire. Pas la peine. Mila a rendu le billet de cent francs. « Ça se paye pas, ça. » Bon. Comme elle veut.

– On pourrait aller se promener, ce soir, propose Olive, au bord de l'étouffement.

Elle rit.

– Se promener ? Où ça ? Au bord de la Garonne ? À Claveau ? Sous le pont suspendu ? Où tu veux te promener dans ce quartier de merde ? Main dans la main comme deux cons ? Sans moi.

Sans elle.

– Ça fait rien, dit-il. C'était comme ça.

Elle recommence à bouger autour de lui, le regard inquiet qui saute partout comme un piaf en cage. On dirait qu'elle a tout oublié.

– Bon, je me casse, faut que je passe chez Tayeb.

Non. Pas lui. Olive se passe dans les cheveux un peigne de doigts maigres. Ça grince dedans, ça gratte dehors, façon moutarde en surdose.

– Son père a été arrêté par les keufs. Ils se sont battus l'autre jour. Il a pas été relâché, encore. Tu viens avec moi ?

Il dit non. Plus tard, il ira. Il doit ranger un peu, et puis il va s'écouter un peu de zique. Elle dit d'accord. Comme tu veux. À plus. Puis soudain elle n'est plus là. Il essaie de suivre le bruit de ses pas dans les escaliers, mais il n'entend rien. Alors, il se précipite à la fenêtre pour la regarder s'éloigner mais les arbres trop hauts l'empêchent de voir. Plus loin, il y a seulement Bordeaux, les blocs du Grand-Parc, la confusion des toits, les flèches des églises, tout ça flottant dans une vapeur ocre. Il s'en fout. Il en veut aux arbres.

14

On lui cogne la tête par terre, et ça ne lui fait pas mal. Il sent la pression de la main qui le tient par les cheveux et il a peur. Il a peur surtout qu'on les lui arrache, et de se retrouver chauve, une tonsure sanglante sur le crâne. D'ailleurs, du sang, en voilà. Il y en a sur le sol, une flaque luisante dans laquelle on lui écrase la face. Il sent l'humidité sur lui, il ne sait plus si c'est son sang, ou celui d'un autre, et il essaie de crier, et aucun son ne peut sortir de sa gorge. Puis il voit tout près de lui, par terre, la face enflée d'un homme qui le regarde fixement, bouche entrouverte. La pommette est ouverte d'une plaie aux pourtours enflés, le nez est écrasé, et quelque chose de rosâtre y remue imperceptiblement, avec la régularité d'une respiration, luisant par instants de bulles épaisses. « Je l'ai pas tué ! » tente de crier René. C'est au moment où on le tire en arrière, et où il sent qu'on va le jeter du haut d'une falaise, il sait, sans l'avoir vue, qu'il se trouve au bord d'une falaise, il en ressent même le vertige déjà, qu'il se réveille. Le vertige est relayé par le faible tangage de la barque et au-dessus de lui le ciel est repeint par le soleil couchant de teintes surprenantes. Il se redresse mais n'ose pas se mettre debout tout de suite parce que la tête lui tourne, c'est manège autour de lui, et montagnes russes, un peu. Il se tâte l'estomac, plein, et lourd, et sensible au toucher du côté droit. Merde, quel rêve. Il cherche des yeux autour de lui son petit sac, et s'aperçoit qu'il est à moitié assis dessus. Dedans, il trouve une bière, qu'il s'envoie en trois gorgées, avec un gros soupir de soulagement. Ça lui remet les idées en place, comme quand on ramasse le linge sale pour le porter dans une panière. Il s'allume une maïs, ça le ramone sévèrement, alors il tape du poing sa poitrine cachectique pour décourager la toux. Ensuite, il ramène le filet, où remuent quelques crevettes et deux anguilles énormes. Les bestioles se tordent au fond de la barque, et il en bloque une sous son pied, la saisit par la tête, et la brandit à hauteur de sa figure. Il la secoue parce qu'elle enroule ses anneaux visqueux autour de son poignet, puis il prend son couteau et décapite l'animal. Il balance la tête à l'eau, mais pour la créature, ça ne change pas grand-chose. Elle se raidit, se dresse, parfois presque droite à l'horizontale, cependant qu'un peu de sang gicle à la plaie. Elle fait comme si de rien n'était, elle s'entête, elle se débat contre quelque chose qui doit la picoter, et qu'elle n'est plus du tout en état de comprendre. René la glisse dans le sac de grosse toile où elle vient troubler le repos des poissons morts et des crevettes, comme si elle voulait les réveiller pour tenter une évasion en masse. Il exécute pareillement sa frangine et l'envoie s'emmêler à l'autre dans une étreinte complexe et mortelle.

Après, il faut rentrer. La barque a dérivé vers l'amont, presque en face des bassins à flot. D'ailleurs, René hume dans l'air les relents de vieille pisse que dégage l'huilerie non loin de là. Il tire sur le starter du moteur, qui consent à démarrer avec un vacarme de gros mixer. On est au gros du montant, et le vieux moulin Evinrude suffit à peine à le contrer. On ne voit plus des rives que ce que la ville veut bien en éclairer. C'est-à-dire pas grand-chose rive gauche, à Bacalan. Quelques lampadaires dans la cour d'une usine, l'éclairage intermittent de la rue Achard, par quelque trouée. Les arbres ne sont plus qu'une foule haute et noire qui attendrait la nuit un bateau qui ne viendra pas. René s'est assis à l'arrière et tient d'une main molle la poignée du moteur. L'air frais s'efforce de vivifier sa gueule engloutie par l'obscurité, et s'écorche sur la tête de mort qui pointe sous la peau en arêtes coupantes. L'homme frissonne. Il tire vainement sur le col de son tee-shirt. Les canettes vides roulent au fond de la coquille de noix à cause du clapot, et leurs chocs castagnent en écho dans sa cervelle congestionnée. Il cherche à tâtons s'il n'en resterait pas une, par hasard, qui aurait échappé à sa soif, parce qu'il sait de quoi il a besoin pour aller mieux. Tant pis. Devant lui le pont d'Aquitaine tend son arc lumineux, où glisse un trafic permanent et silencieux. Tous ces cons qui roulent à cette heure. Même chose sur la rive droite, où la route est sur la berge. Il se rappelle qu'à l'époque où ils habitaient la Cité lumineuse, avant qu'on les vire, il passait des soirées à regarder la circulation des autos et des trains de l'autre côté, en bas des collines de Lormont. Il voyait luire les lueurs de la cimenterie de Poliet-et-Chausson, et flotter le panache grisâtre que crachait en permanence la grande cheminée. Le fleuve était noir, et quand la marée montait, on entendait le remous rigoler doucement, et parfois un peu d'air plus frais, moins lourd que celui de la ville, accompagnait le mouvement.

Justement, la Lumineuse, la voilà. Écran noir. Immense. Le coefficient est gros, alors René est presque au niveau du remblai, et voit bien les allées vides, les terrains de jeux abandonnés sous la lueur bleutée des lampadaires. Dans la muraille de béton, une seule fenêtre éclairée, bloc C, au huitième. Putain de moine, dit-il à voix haute. Il essaie de se rappeler d'autres choses, en passant là devant, mais ça bloque, sous ses méninges. Les neurones ont les pieds dans la bibine. Faudrait écoper. Trop tard. Voici l'appontement. Il manœuvre en douceur, mais heurte tout de même un pilier. Il jure sourdement, manquerait plus qu'il coule sur place, au pied de l'échelle, sabordé comme un vulgaire croiseur en rade de Toulon. Les quatre barreaux sont escaladés le cœur au fond de la bouche, l'estomac pas loin. Le tout poussé vers la sortie par les battements paniques du cœur. Oh ! putain ! marmonne-t-il. Il tire derrière lui son sac où gigotent encore les anguilles sans tête. Le poiscaille doit plomber dans les dix kilos, tout de même. Il ne se sera pas usé la santé pour rien.

Il n'y voit rien dans le couloir d'entrée. Il pose son sac sur un vieux paillasson qui sert à se déchausser quand il pleut. Il a eu du mal à localiser le trou de la serrure, et il attend, pas très stable sur ses jambes, que le vertige qui lui ouate le cerveau se calme un peu. Il doit s'appuyer sur les cartons de vidéo qui s'entassent dans le couloir. Il allume la lumière, ça lui troue la tête, ça lui enfonce les yeux sous le front. Mais au bout d'une petite minute, il sent mieux la terre ferme sous ses pieds. Il tend l'oreille. Et au-delà du bourdonnement de l'ivresse, il constate le silence complet. Ah ! non. Le gazouillis d'un poste de radio en sourdine. Il fait deux ou trois pas. Sous la porte de Mila, un trait de lumière est tiré comme une frontière.

Il éteint dans le couloir, et il se dirige en aveugle dans la salle de séjour. Direction le frigo. Il en salive d'avance. Il tire sur la poignée chromée, prêt à l'arracher si elle résiste. C'est soudain éclairé comme une vitrine.

Il hésite. Mousse ? Vin blanc ? Il prend la bouteille de Monbazillac, celle qu'il a entamée dimanche sur le gâteau. Le verre est frais. Il trace sur la buée un petit zigzag du bout du doigt. Le bouchon force un peu. Goulot à sa bouche. Il ferme les yeux, et ça coule. Un, deux gorgeons. Il garde un peu de vin, le fait aller et venir contre ses joues. Il goûte le sucre, l'alcool. Il existe sûrement d'autres parfums, mais il s'en fout. Il avale. Derrière lui, une chaise semble s'être approchée. Comme elle a raison. Il pose son cul dessus, la bouteille entre les cuisses, froide, dure, sûre. Il se détend. Tout se décoince. Il n'a plus chaud, il n'a plus mal, il bouge même tranquillement ses orteils dans ses sandales humides. Il s'y remet. Dans sa bouche, c'est le plein emploi. Sa langue dirige les flux, se baigne dans la fraîcheur sucrée comme une femme à poil dans une de ces rivières à la télé, heureuse, sans souci. Ses dents mâcheraient presque l'épaisseur du goût. Ses joues se gonflent, sa gorge s'ouvre, et s'emplit, et bouge lentement. On croirait un trompettiste muet.

Il repose la bouteille, au bout d'un souffle qui pourrait être le dernier, et alors ? Il fait noir autour de lui et il regarde cette obscurité phosphorescente rien que pour lui, et il se laisse aller en arrière, les jambes étendues. Sa queue est dure comme un frontignan. Ça lui fait souvent ça. Il se retrouve debout sans savoir comment. Il ne se rappelle pas avoir donné cet ordre. Ce n'est plus lui qui commande, semble-t-il. Il décide de laisser Dolorès dormir. On verra demain, si elle ne prend pas trop de cachets. Il marche lentement, se cognant au montant des portes sans s'en apercevoir, vers la chambre de Mila.

La porte, quand il l'ouvre, émet un court grincement. Dans la lueur orangée d'une lampe de chevet, la radio diffuse très bas quelque chose de rythmé, et sous le drap on devine le corps de Mila, aux formes plissées et approximatives, qui tourne le dos à l'ivrogne. Au sol, jetés là, quelques vêtements. René s'approche et se baisse vers eux pour s'emparer d'un débardeur, qu'il renifle les yeux clos. Il écarte un pantalon de coton léger, il fouille, il cherche une culotte. Elle l'a encore sur elle. Il se fige lorsqu'elle bouge pour replier ses jambes, car s'inscrit la courbe de son dos et de son cul.

Il soulève le drap et s'étonne que tout ça soit si près maintenant, rond, offert, chien de fusil dont il suffirait d'effleurer la détente. Pendant un moment il reste debout sans rien faire et oblige sa respiration au silence, face à Lauren Bacall qui le regarde par en dessous depuis le poster qui domine le lit.

Puis Mila se retourne, ouvre les yeux, tire aussitôt le drap sous son menton.

– Qu'est-ce que tu veux ?

Elle le sait bien ce qu'il veut. Toujours la même chose. Il est bourré. Elle le sent d'ici. Elle le voit à ce regard brillant et voilé aux paupières lourdes. Elle se met à trembler.

– Je vais crier. Va-t'en.

Il s'assoit en grimaçant un sourire, et entreprend de caresser une cuisse à travers le drap.

– Tu sais que t'es belle ?

Sa voix est enrouée. Il a un sourire d'animal. Elle essaie de se retirer hors d'atteinte de sa main.

– Fous-moi la paix, ou j'appelle ma mère.

– Laisse-la tranquille. Avec tous les cachets qu'elle a dû prendre, elle entendrait pas une grenade péter sous son lit. On doit te le dire tout le temps, que t'es belle. Tous ces branleurs avec qui tu vas, ils te le répètent sans cesse, non ? Et moi je pense comme eux, parce que je te connais depuis que t'es toute petite et que t'étais déjà superbe quand t'avais cinq ans et que tu venais sur mes genoux, hein, tu te rappelles ? Tu m'aimais bien, à cette époque.

Ses cordes vocales s'emmêlent un peu et les mots sortent mal dégrossis, glaireux et lourds de relents d'alcool. Soudain il arrache le drap, les seins jaillissent, le ventre se replie au creux des jambes que Mila a ramenées contre elle. Elle tremble comme un arbre tout entier qui va s'abattre, bouffé de l'intérieur par des tronçonneuses géantes. René tend les mains vers elle et tente de se faire un chemin entre ses cuisses.

– Laisse-moi, dis, implore-t-il la bouche sèche. Laisse-moi juste une seule fois…

Il pétrit un sein d'une main rugueuse aux ongles encore souillés par la vase du fleuve. Mila s'accroche à son poignet pour le repousser, mais il se crispe sur elle davantage. Puis René saisit la main droite de la jeune fille et attire contre son pantalon un poing serré qu'il frotte contre son sexe tendu.

– Tu le sens, hein, comme je te veux et comme je t'aime ! Laisse-toi faire, tu vas voir, avec un homme c'est bon, pas comme avec tes puceaux !

Il déboutonne son pantalon, le tire sur ses cuisses, et apparaissent des poils vaguement roux, monte une odeur de sueur confidentielle, rance et aigre. Déjà, il est allongé sur elle. Il essaie de déchirer la culotte et grogne, et s'exaspère. Mila ne dit rien parce que pas un mot ne vient, plus un souffle dans ses poumons, alors qu'elle sent contre son poing la roideur tiède du poivrot. Elle ne dit rien, car les larmes qu'elle ne peut empêcher de couler, larmes de fiel, brûlantes, devraient suffire à faire déborder son dégoût, cette envie de meurtre qui monte d'un coup en raz-de-marée. Il essaie de s'immiscer entre les jambes qui ont cédé sous le poids, elle ne voit plus rien, que du noir qui bouge en contre-jour, assourdie par ce râle sur son visage, écœurée par cette langue pourrie qui force ses lèvres, la peau écorchée par les joues râpeuses de cette ordure qui la submerge de son poids mort, son poids de cadavre.

Il griffe le ventre en s'agrippant à la toison pour la profaner pendant que Mila rue de ses poings inoffensifs contre ses flancs. Puis il a un grondement de satisfaction quand il sent la main de la fille descendre le long de son ventre doucement, il rumine sa victoire, prêt à se ruer, presque surpris de la sentir s'ouvrir, elle va y prendre plaisir, comme avec les autres, pense-t-il dans l'ivresse qui le prend de plus belle.

La main de Mila se fraye un chemin vers le sexe de l'homme, mais soudain le contourne pour se refermer, d'un coup sec, tranchant de cinq ongles vernis d'écarlate, sur les valseuses du René qui sursaute, tétanisé, et cherche à rouler sur le côté pour lui faire lâcher prise mais ne parvient à aucun mouvement, car elle tient le centre de gravité et le laisse suspendu dans la douleur, la bouche ouverte, maintenant dégrisé.

Elle l'éjecte d'un coup de genou, et il tombe à quatre pattes sur la moquette, et s'ébroue, gros chien groggy, entravé par son pantalon roulé aux genoux. Mila attrape ses affaires et s'habille, debout sur le lit car elle ne sait plus où se tenir pour demeurer hors de portée. Elle le regarde se redresser d'un bond et finalement s'adosser à l'armoire en la considérant d'un air ébahi, salope, marmonne-t-il, il répète même ça plusieurs fois, puis fonce à nouveau sur elle. Il la rate et s'affale à plat ventre sur le lit d'où elle a sauté, elle cherche dans un tiroir de son secrétaire de gosse quelque chose, elle fouille une trousse de plastique bleu décorée de photos de chanteurs, et au moment où il la saisit par le bras, lui expédiant un coup de poing dans la tempe, elle le frappe au bas-ventre, plusieurs fois, elle sent sur sa main le contact des poils, de la chair molle désormais, et du sang qui lui inonde brusquement le poignet. Ils reculent tous les deux d'un même pas. Elle regarde la confusion sanglante qu'est devenu l'entrejambe de l'homme et elle se met à hurler, le sang, le sang pisse vraiment avec de courtes impulsions, et René se regarde aussi, il ne comprend pas ce qui lui arrive, il fourgonne ses couilles et pousse une plainte rauque en retirant le cutter dont il examine la lame avant de le jeter au loin, et tout en prenant à pleine main ce qui pend encore entre ses jambes, il remonte son pantalon comme si en cachant ses blessures il allait les annuler.

Mila cavale dans le couloir, elle appuie sur le bouton d'appel de l'ascenseur et commence à attendre. Elle ne sait pas. Elle pense que par l'escalier, ce serait plus rapide, mais elle ne parvient pas à se décider. Puis au bout du couloir, elle voit René arriver en titubant, qui rebondit d'un mur à l'autre en y laissant l'empreinte de sa main couverte de sang, son autre main crispée au bas du ventre à travers le pantalon luisant d'une large tache rouge. Il gueule, René, qu'il va crever, qu'il va la troncher quand même avant, qu'elle n'est qu'une pute, un trou à bite, il passe en revue les troupes de choc de son vocabulaire et parvient presque à courir au rythme de ses injures, au bord de l'effondrement définitif. Alors Mila prend l'escalier, elle dévale les trois étages en poussant de petits cris et n'entend pas les portes qui commencent à s'ouvrir sur ce remue-ménage, ni les questions qui fusent, les rappels au calme, rapport aux enfants qui dorment.

Elle débouche au bas de l'immeuble, cueillie en douceur par un petit vent qui furète entre les blocs.

Derrière elle, une vitre éclate et elle se retourne pour apercevoir la carcasse de René s'encadrer dans le montant. Il saigne de partout maintenant, et c'est une hémorragie ambulante qui trébuche dans sa direction sans plus rien dire d'intelligible, émettant seulement des plaintes de bête. Elle pousse encore un cri, se remet à courir, jusqu'à ce qu'elle tombe sur deux types qui tendent vers elle leurs bras, un peu à tout hasard, parce qu'ils regardent, épouvantés, le Masque de la Mort rouge, l'Homme hémoglobine, clopiner dans leur direction en se tenant le ventre. Elle se laisse aller contre le premier qui se présente et s'accroche à lui en bramant.

– Putain, René ! s'exclame-t-il.

L'autre type se précipite vers le moribond et le reçoit de justesse au moment où il s'effondre, il le secoue pour le réveiller, mais on sent que le geste est hors de propos. Mila regarde le couple d'hommes tassé dans la mauvaise lueur bleuâtre et elle pleure en disant « il est mort, il est mort, je l'ai tué ».

– T'inquiète pas, murmure la voix tout près d'elle. Calme.

– Merde, il est mort, confirme François. C'est la merde. Allez. On s'arrache. On embarque la fille.

Ils montent dans leur voiture, François démarre en trombe sous les regards chassieux qui s'éberluent au spectacle. À l'arrière, Richard tient Mila contre lui et lui parle doucement, « t'affole pas, tout va bien ».

15

J'ai entre les mains la photo d'une fille superbe. Elle a dix-huit ans, le regard insolent, la chevelure sauvage, la bouche un rien dédaigneuse, et elle présente avec défi une épaule bronzée à l'objectif. Question corps, rien ne manque. Mince aux bons endroits, ronde où il faut. En d'autres circonstances, je serais assez jalouse. Cazeaux me pique le cliché et apprécie avec une moue admirative, en connaisseur. Enfin… C'est sûrement vite dit… Mais il en va des lieux communs comme des non-lieux. On les prononce souvent faute de preuve. Bref, il se rince l'œil, mais a le tact de ne faire aucun commentaire. Probablement parce que cette Mila a tué cette nuit son beau-père, un certain René Castéra, en le châtrant, ou peu s'en faut. J'imagine que le mâle de base doit ressentir quelque effroi à l'évocation de ce genre de blessure, mortelle ou pas. En l'occurrence, la belle enfant a utilisé un cutter, de modèle standard, le genre d'outil qui sert à découper quand on bricole. L'hémorragie a été massive, sans doute aggravée par le fait que la victime a poursuivi la nana jusque dehors, où il est mort.

– Tu parles, a expliqué Cazeaux. C'est plein d'artères, ces endroits-là. Je sais pas si t'es au courant, mais y a des moments où il faut une sacrée pression ! Faut de la tuyauterie premier choix !

Il a ricané en enjambant la tache de sang qui souillait largement le tapis de la chambre.

– Il a dû vouloir lui faire tâter sa grosse veine bleue. Il est mort par où il a péché, ai-je rétorqué sans le regarder.

Il n'a plus ri. Il s'est contenté de me jeter un coup d'œil dépité. Il ne faut pas me chercher sur ce terrain-là.

De plus, les témoins, ameutés aux fenêtres par les cris, ont vu la fille emmenée par des types dont l'un a appelé la victime par son prénom et l'a reçu dans ses bras au moment où il s'effondrait. Et quand les collègues ont pénétré dans l'appartement, outre un sac en toile plein de poisson, ils ont trouvé un petit stock de matériel vidéo entassé dans l'entrée. Bingo. Les deux types qui ont embarqué la fille sont ceux du Vidéo-Gang, pas la peine de parier là-dessus, on a déjà tiré le gros lot.

Bon. On repasse dans la salle de séjour où la mère, Dolorès Almayerda, a posé ses quatre-vingts kilos de chagrin sur une chaise, et s'envoie pour le moment un petit coup de rhum de cuisine pour se requinquer. Elle demande sans cesse qu'on retrouve sa fille, répète qu'il faut lancer des avis de recherche dans tout le pays. On a essayé de la rassurer, en arrivant, mais à part une piquouse du docteur Calmos, je ne vois pas comment on y parviendrait. On a du mal à deviner la fille dans la masse bouffie de larmes et de gras qui fume clope sur clope et empuantit l'atmosphère malgré les fenêtres ouvertes. Moby Dick installée sur un volcan, si vous voulez mon avis.

– Je dormais, elle nous dit. Je prends des cachets contre la chaleur, sinon je tourne et je vire, et je vois tout en noir. J'ai des insomnies dépressives. Alors le docteur me donne d'autres pilules pour la journée. Comme ça la vie est moins dure. Oh mon Dieu ! Mila m'avait bien dit qu'il cherchait à faire le vicieux avec elle, mais je la croyais pas, la pauvre ! Ah, on est bien aveugle, des fois, hein ?

Elle s'interrompt et cherche un assentiment de notre part. Elle se tamponne les yeux avec un Kleenex, puis se mouche. On la laisse s'occuper un peu de son corps, puis Cazeaux relance :

– Et pourquoi vous ne l'avez pas crue ?

Elle lève une main fataliste au-dessus de la table et la laisse retomber mollement. Elle est vêtue d'une chemise de nuit translucide et d'un déshabillé vaporeux. Les masses qui ne débordent pas du décolleté ou des emmanchures, on les devine à travers le vêtement. Si je lui prêtais un de mes soutiens-gorge, il lui servirait à peine de jarretelle.

– Je peux le dire, après tout, maintenant. René, il était pas malin, ça non, et il picolait. Quand je l'ai connu, déjà, il avait une sacrée descente, mais il tenait bien le coup ! Jamais saoul… Et ça le rendait plutôt gai, pas méchant comme certains hommes qui se mettent à vous taper dessus dès qu'ils ont un pastis dans le nez. Tiens, le voisin du dessus ! Faut voir ce qu'il leur met, à sa femme et à ses gosses, le vendredi soir ! C'est la baraque à lutte, là-dedans, et tout le monde y passe ! On a appelé la police plusieurs fois, et…

Je lui fais un signe un peu sec pour qu'elle enchaîne.

– Bref, René, vous faisiez pas plus brave. Toujours prêt à rendre service, les gens vous le diront ! Ma gosse, elle avait un an quand on s'est connu. Le père de la petite m'avait larguée au troisième mois de grossesse. Pour moi les hommes, c'était salauds, cochons et compagnie, qui pensaient qu'à vous caser leur morceau de viande… Eh bien il a considéré la petite comme sa fille, tout de suite, et pour toujours. Rien n'était trop beau pour elle. Il disait souvent qu'on achèterait une maison pour qu'elle ait un jardin, et qu'il lui installerait une balançoire. Mais on n'a jamais pu ! René, il avait la santé fragile, les bronches et tout ça. Tout le temps enrhumé l'hiver, à cracher ses poumons, collé au plafond par la fièvre, qu'il était. Et aux grandes canicules, comme maintenant, il s'épuisait… Il attrapait les coups de chaleur comme les courants d'air ! Vu le genre d'homme, pas grand ni gros, quoi, le style demi-portion, faut dire ce qui est, il résistait pas. Alors le docteur l'arrêtait, et on touchait demi-salaire, ou bien il allait pas à l'embauche. Pensez, docker, même avec les machines, c'est un métier dur ! On lui promettait toujours une place de grutier, mais rien ! Quand le port est parti au Verdon, là-bas, c'est des lèche-culs qui ont eu les postes, des planqués du syndicat ! Et avec ça, y a eu moins de travail, avec les containers… Mais bon… La petite, il l'aimait tellement ! Trop, même. Il y touchait jamais, pas une fessée, rien ! Quand elle a commencé à se plaindre, il y a deux ou trois ans, j'ai cru que c'était la puberté qui la travaillait. Les filles, maintenant, elles sont plus précoces que nous à leur âge… Et puis c'est vrai, des fois la tendresse c'est mal compris !

– Il y a tendresse et tendresse, observe Cazeaux, profitant d'un moment de répit.

Il me glisse un regard de connivence, censé souligner l'importance de ce qu'il vient de dire. Je hausse les épaules. La matrone est plongée dans les gouffres d'une réflexion sans fond, et comme elle n'a pas l'habitude, elle risque de se retrouver coincée dans un siphon. Son regard est posé lourdement sur le mur, comme si la réponse au dilemme se trouvait sous le papier peint. Elle commence à m'amuser, la mère aveugle. Et à m'user. Cette affaire est chaude, on ouvre des poupées russes brûlantes, et on ramasse les refroidis. On peut redouter le choc thermique. Aussi, je me sens nerveuse. On ne tirera rien de cette femme. Je décide d'interrompre ses cogitations à propos de la tendresse :

– Vous savez à qui votre… M. Castéra a vendu du matériel, ces temps derniers ? Vous savez que ça provient d'une attaque au cours de laquelle un homme a été tué ?

– J'en sais rien. Il me disait jamais rien de ses affaires.

Celle-là, j'ai dû l'entendre deux cents fois. Les gens n'ont aucune imagination. C'est toujours pareil. Un mec se ramène avec trois BMW qu'il case au fond du jardin, plus un coffre-fort usagé, et aucun abruti de sa tribu n'a l'idée de lui demander combien il a acheté tout ça et chacun respecte le silence de l'homme d'affaires probablement jaloux de ses méthodes. Les sachets de poudre blanche planqués dans la chasse d'eau ? On croyait que c'était une farine spéciale pour les crêpes bretonnes.

– Et les gens avec qui il travaillait sur ce coup, vous les connaissez ?

Elle lève vers moi des yeux terrifiés, puis se sert un coup de Negrita.

– Non. J'ai vu personne. Et figurez-vous que quand il ramène un peu de quoi mettre du beurre dans les épinards, je demande pas les numéros des billets. Les fleurs artificielles, ça nourrit personne.

– Je vous demande ça, parce qu'on est à peu près sûrs que les types qui ont emmené votre fille hier soir sont ceux qui lui ont fourni cette camelote. Comme ils ont déjà massacré le chauffeur du camion, et qu'il y a parmi eux un type particulièrement dangereux, je me disais que vous nous auriez aidés à les coincer le plus vite possible, avant que…

Je quitte le mur où j'étais appuyée, et je range mon calepin comme si j'allais partir.

– Non, parce que les truands de ce genre, quand ils détiennent une belle fille comme ça, ou bien ils… ils en profitent, à tour de rôle, ou bien ils la louent ou la vendent à des réseaux internationaux. La fille se retrouve alors…

– La traite des Blanches, tout ça ? Les harems en Arabie ?

Depuis un moment, elle me regarde avec un effroi grandissant. Elle n'est plus qu'un vaste tremblement désynchronisé.

– C'est son copain François. Le Toulonnais. Enfin je sais pas, moi. C'est comme ça qu'il l'appelle des fois, il est de par là-bas. Il a eu des ennuis sur la côte quand il était plus jeune, et il peut plus y retourner, même pour embrasser sa pauvre mère.

Bigre. Un interdit de séjour. Ça se muscle.

– Vous l'avez déjà vu ? À quoi il ressemble ?

– Une fois, y a deux ou trois ans… Un beau gosse. Très brun, toujours bronzé, avec des yeux gris. Vachement intelligent.

Un intellectuel de la truande. On a levé le professeur Moriarty.

– Ah bon ? À ce point ?

– Oui. Il réfléchissait toujours avant de causer. Et puis il savait ce qu'il voulait faire de sa vie. Et puis si beau…

Je lui proposerais bien de me garder un petit si jamais sa fille et lui se reproduisent, mais comme j'ai bon fond, et horreur du mauvais goût, je me tais. Je m'en veux presque de plaisanter avec ces choses-là. De toute manière, je crois qu'on a fait le tour de la question. Je la remercie, je lui souhaite bon courage, et je l'assure qu'on ne va pas tarder à retrouver ces salauds. J'appelle deux agents pour qu'ils descendent les cartons de vidéo dans un fourgon.

Quand j'arrive à la voiture, téléphone. Bon. Si c'est pour une cuisine équipée, je sais quoi répondre.

– C'est Germain. J'ai du nouveau à propos de René Castéra. Il a vendu du matos à un de ses voisins, un certain Ahmed El Mestari.

– Comment vous savez ça, vous ?

– Il s'est fait embarquer avant-hier par une patrouille pour vérification, suite à tapage nocturne et jet d'objets par la fenêtre ayant entraîné une incapacité de plus de huit jours sur la personne d'un passant.

– Jet d'objet ? Ça doit faire mal !

– Je vous lis le rapport, moi.

– Et où il est, El Mestari ?

– À l'hosto.

– Qu'est-ce qu'il fout là-bas ?

– Les collègues qui l'ont interrogé lui ont fait peur, ils ont un peu crié, tout ça, et il a commencé à se débattre et à foutre le bordel dans le bureau. Il paraît qu'il voulait tout casser. Bref, il s'est fait un traumatisme crânien. Ses jours ne sont pas en danger, on m'a dit.

Bonne chose, ça. La police est bien faite. Il y a même des Arabes qui survivent à des passages à tabac.

– Dites, je demande, en forçant sur l'inquiétude. Il n'a pas endommagé le mobilier, j'espère ?

– Non, non, de ce côté…

Germain s'interrompt. Fine mouche.

– Ah oui, bon, d'accord.

– On peut savoir pourquoi ils ne nous ont pas communiqué le dossier ?

– Je ne sais pas, ils allaient le faire, apparemment. J'ai su ça un peu par hasard grâce à Fourmond. Il paraît qu'ils ont entamé une procédure d'expulsion.

– Bon. En attendant d'acheter le billet de charter, vous me recherchez dare-dare au fichier un gus prénommé François, dit le Toulonnais, et qui serait sous le coup d'une interdiction de séjour là-bas.

– François ? C'est tout ? Le département c'est le Var ?

– Oui. Un bien beau pays. Vu le nombre de truands au kilomètre carré, vous aurez un peu de mal, mais vous ferez le tri. Pas la peine de chercher parmi les élus, ça fera gagner du temps.

On raccroche. En attendant Cazeaux, je contemple la résidence à loyer modéré, dite Le Port de la lune. Poétique, n'est-ce pas ? C'est également ainsi qu'on appelle Bordeaux, dans les salons chics du centre-ville. Rapport à la courbe de la Garonne qui autorise la métaphore. D'ailleurs, elle coule à cinquante mètres d'ici. Ils ont tout, ces pauvres. Le fleuve est pareil à leur peine, il s'écoule, et ne tarit pas, aurait pu dire le poète. Dans le détail, on peut discerner des signes d'art brut : verre sécurit étoilé aux portes, tags bariolés, coulures noirâtres sur la peinture des façades interprétables à l'infini. Là une main à quatre doigts, plus loin la jambe qu'un géant a laissée en souvenir. Le linge sur les balcons fait des personnages incomplets qui se penchent, sans tête et les bras mous, par-dessus les garde-fous rouge sang. Et je ne parle pas de la partie de parking réservée à l'expo permanente d'épaves de voitures, dont certaines semblent avoir déjà goûté la flamme de quelque artiste au chalumeau. Du pré-César postindustriel, comme on dirait au centre d'art contemporain. Le Port de la lune. Le Port de l'angoisse, c'était déjà pris. J'aime l'humour

16

Ils ne parlent tous que de ça. La mort du pauvre René, l'ivrogne du troisième, assassiné par sa belle-fille. Elle-même kidnappée par des truands. Paraît qu'elle lui aurait coupé les choses, au René. Voyez un peu cette fureur. Il voulait la sauter, ce salaud, et elle voulait pas. Je la comprends, notez. Mettez-vous à sa place. Pourtant, elle disait pas souvent non, avec son physique avantageux qui faisait se retourner les hommes sur son passage. Cette pute. Traînée. Elle n'avait qu'à claquer des doigts, et ils décarraient entre ses cuisses. J'en connais, moi, qu'en ont croqué. Je donnerai pas de noms, mais tout le monde les connaît. Et puis elle se cachait pas, hein… Une fois, à onze heures du soir entre deux voitures sur le parking… Si, si ! Faut que ça la démange ! Même que mon mari il voulait descendre pour leur jeter un seau d'eau comme aux chiens. Je l'ai pas laissé y aller, on sait jamais… Ils vont vite lui trouver du turf, les bandits. Elle va passer professionnelle, ça lui fera le cul ! Et Dolorès, pauvre femme, courageuse comme elle est. On mérite pas tous les malheurs qu'on a ! Il paraît qu'elle dessoûle pas depuis hier. Confite au rhum, elle va finir, si personne la console. Moi j'ose pas y aller. Le chagrin des autres ça me désarme. Et les journalistes ? Vous les avez vus ce matin ? Fouille-merde, ceux-là…

Attirés par les catastrophes, ces vautours. Faut qu'on assassine les gens pour qu'ils viennent par ici avec leurs caméras et leurs appareils photos. Ils ont fureté partout… Vous sortiez de l'ascenseur, et vous trouviez un gonze en train de vous faire de l'œil à travers son objectif ! Remarquez, ceux qui m'ont interviewée, ils étaient bien gentils et polis, alors j'ai accepté de leur parler. Je savais rien, mais j'ai tout dit ! C'est ça qu'ils aiment, le soir aux infos ! Ils m'ont dit que ça passerait au journal régional, à sept heures dix. Il me reste une cassette, on va enregistrer, c'est pas tous les jours qu'on me voit à la télé !

Olive a tout entendu. Il a glissé sa longue carcasse parmi les groupes et les conciliabules, les conférences des grandes gueules qui la ramenaient sur tout et le reste. Il a voulu aller voir Dolorès, mais un flic lui a barré le passage, et plus loin il n'a pu apercevoir que la porte de l'appartement, béante, qui jetait dans le couloir un écran lumineux où s'affairaient des ombres.

Alors, il est allé au bord de la Garonne, il a descendu le remblai, et il a vomi dans l'eau sale. Ça lui est venu d'un coup. Un éblouissement, un coup de poing de méchante lumière dans l'estomac. Il a cru mourir ainsi, dans le crade et le liquide. Il aurait préféré pleurer, ou pousser des cris effrayants pour qu'au moins, tous, ils ferment leur gueule et rentrent dans leur trou. Appeler Mila et ne plus rien prononcer d'autre. Mais il n'a pas pu. Sec de larmes. Étranglé par ses propres cordes vocales. Il s'est demandé ensuite s'il ne valait pas mieux se jeter à la flotte, il a réussi à se concentrer quelques instants là-dessus, mais il s'est aperçu qu'il ne savait pas comment on se noie.

Il y avait bien le pont d'Aquitaine, tout près, si haut et tellement pratique. Mais il aurait fallu marcher, gravir des bâtisseurs de clapiers. Juste à côté, on a la Cité lumineuse. Une barre de béton de deux cents mètres de long, sur cinquante de haut. Il n'y a plus que les junkies à s'allumer la tête, en bas de la ruine future.

Tiens. Voilà Cazeaux qui s'amène, en roulant un peu de la caisse devant six ou sept jeunes qui s'écartent à peine pour le laisser passer.

– À quoi tu penses ? me demande-t-il en montant en voiture.

– À l'art brut, je lui réponds. À la beauté convulsive. Les lieux y invitent, tu trouves pas ?

– J'y connais rien en peinture, dit-il en tournant la clé de contact. Moi, je suis plutôt cinéma. Spielberg, tous ces mecs.

le viaduc d'accès, longer longtemps le garde-fou. Voir arriver l'endroit le plus élevé, lentement, penser qu'il va falloir l'enjamber. Fournir le dernier effort.

Il court vers la Lumineuse. Bourdonne en lui un peuple obscur de bêtes énervées, pleines d'aiguillons, qui se bousculent et s'estropient. Arrivé sous les coursives, il marche dans cette rumeur intérieure, étourdi, surpeuplé de terreur. Il croise un vieil homme et son chien aux yeux voilés de cataracte, et l'homme parle à son chien et l'insulte à voix basse, et le garçon les regarde s'éloigner du même pas, cheveux et poils blanchis, interchangeables. Il continue son chemin vers le bloc D, et il distingue la silhouette de Nordine, emmitouflé dans son perpétuel imperméable, avec la chaleur qu'il fait. Probable qu'il est en manque, et qu'il marche en attendant Gino, le dealer, en croyant qu'il est huit heures du soir et que l'autre pourri ne va pas tarder à pointer sa tête de nœud. Olive se planque dans le hall du bloc C pour éviter le junkie parce qu'on s'en sort plus quand il commence à vous parler de la cité déserte où il revient toujours parce que c'est là qu'il est né, lui aussi, et que sa mère est morte. Et il n'en finit plus de vous demander votre avis sur les raisons pour lesquelles les habitants s'en sont allés, ou sur la beauté du paysage, tous ces arbres, ces pelouses, un vrai parc d'hôpital, dit-il, tellement c'est beau. Et on ne sait quoi lui répondre, qu'il soit chargé à bloc ou qu'il se tienne les coudes parce qu'il a mal partout, et il vous retient par la manche en souriant quand vous voulez vous tirer, et vous croyez que si vous forcez le passage il va s'écrouler pour ne plus se relever.

Olive s'est tassé sur l'escalier et laisse filer le pas traînant de Nordine et ses quintes de toux. Il repense au bon élève que c'était, en troisième, on leur parlait, à eux les petits de sixième, de ce grand garçon timide qui écrivait de vrais romans pour ses rédacs et qui les aidait le soir à faire leurs maths. Nordine c'était un de leurs héros, il tirait pas de voitures, pourtant, il faisait les courses pour sa mère, il portait sa petite sœur sur son dos, il voulait être instituteur, putain, quelle idée, et tout le monde disait qu'il y arriverait. Et puis sa mère s'est tuée dans cet accident de mobylette en partant bosser un matin, faire des ménages au centre André-Malraux, ce truc près de la gare où ils font de la musique et du théâtre. Nordine a failli en crever. Il venait d'entrer en terminale. Quinze jours d'hosto à faire des crises de nerfs, on lui faisait des piqûres tout le temps pour qu'il arrête de pleurer. Quand il est sorti, il parlait plus, il souriait plus, il avait tellement maigri qu'on voyait ses os de mort sous sa peau. Quelque temps après, il a commencé à se shooter, il prenait des thunes à son père qui comprenait rien à rien, qui a toujours été con à manger du foin. La brute épaisse.

Olive se lève et sort. Nordine a disparu à sa vue dans l'arrondi du bâtiment, mais il l'entend encore tousser. Olive se demande ce qu'est devenue Nadia, sa sœur. Puis il pense à Tayeb, à son père arrêté, et ça se remet à bourdonner aussi sec dans sa tête et partout ailleurs là-dedans, et il se remet à marcher vers le bunker. Comme l'ascenseur n'arrive pas vite, il décide de monter à pied. La rampe de métal est poisseuse et laisse sur ses mains des traces de rouille. Il monte en zigzag dans tout le bloc, prenant parfois les longs couloirs transversaux pour changer de cage d'escalier. Il donne des coups de pied dans les plaques d'acier qui condamnent les portes des appartements, et soudain il a peur, parce que quelque chose a claqué dans les étages au-dessus de lui, qu'on lui réponde derrière une des portes, qu'un mort oublié là lui fasse savoir sa présence en tapant lui aussi contre les parois du tombeau pour protester contre le vacarme qui trouble son repos. Alors Olive se met à courir, puis ses immenses jambes avalent les marches par paquets de trois. Quand il arrive devant l'entrée du bunker, ses poumons ne cherchent même plus à fournir et le laissent sans air, plié en deux contre le mur, le cœur au fond de la bouche.

Il pousse un cri. Devant lui, découpée sur la clarté de la fenêtre ouverte, cette ombre qui ne bouge pas. La puanteur de l'éther. La voix de Tayeb, pâteuse, enrouée. Il a cru que c'était un mort.

– Oh ! T'es là…

Tayeb a un petit rire aigu et idiot.

– J'ai la gueule en carton-pâte, putain. C'est plein de moineaux, dehors.

– Des moineaux ?

– Ouais, mec. Je les nique avec ça. Il secoue devant lui une fronde. « Y » en acier, gros élastique de section carrée. Au pied de la fenêtre, un sac de billes. Des agates. Parmi, quelques berlons d'acier.

– J'en tue plein ! J'irai les ramasser tout à l'heure et j'en porterai à mon père à l'hôpital.

Il revient à la fenêtre en titubant et arme la fronde. Il suit une proie qu'Olive ne voit pas, tend l'élastique au maximum, et lâche la bille.

– Loupé ! ils volent vite, ces cons !

– Comment il va ton père ? Il sort quand ?

Tayeb regarde le soleil en face, puis ferme les yeux. Il se retourne vers Olive.

– Je vois rouge. Tout à l'heure, je croyais que les murs étaient mous.

– Il sort quand ton père ? répète Olive.

Tayeb se bouche les yeux des deux mains.

– Qu'est-ce que ça peut te foutre ? Ils le laisseront pas sortir.

– De l'hôpital ?

Tayeb émet encore son petit rire idiot.

– Ils veulent le renvoyer au Maroc. Ils veulent foutre le bicot dehors. Faut qu'on retourne crever au soleil.

Il marche lourdement vers le lit et s'y laisse tomber. Il se prend la tête entre les mains, se masse les tempes.

– Putain j'ai la tête en vrac. Comme mon père. Tu verrais la gueule qu'il a… Ils lui ont foutu une branlée pour qu'il leur lâche le nom du René… T'imagines, cette raclure qui nous met dedans avec son matos de merde.

Olive s'assoit près de lui. L'odeur d'éther l'écœure, ou bien autre chose qu'il ne sait pas définir. Il a dans la bouche une salive acre, épaisse, et il demande à Tayeb s'il n'y aurait pas un Coca dans le placard. Tayeb ne répond pas. Il continue à émettre des propos menaçants, il dit qu'il va tuer un flic, qu'il lui faut une arme, qu'il sait où en trouver. Olive ne l'écoute pas vraiment. Mila était couchée là, à peu près où se trouve Tayeb maintenant. Il entendait son souffle, il pouvait toucher sa peau, l'embrasser. Il ne l'a pas fait assez. Il n'osait pas. Elle était là. Elle avait joui. Et il est resté à côté d'elle sans bouger, cherchant juste sa main pour se convaincre qu'il ne rêvait pas. Et maintenant elle est prisonnière de ces types qui vont la violer, ils vont vider leurs couilles en elle, ils vont l'obliger à leur faire des trucs, elle sera une chose dont ils s'amuseront, elle rampera devant eux pour leur demander d'arrêter et eux ils riront, ils n'auront pas de pitié, ils la traiteront de chienne et elle sera leur chienne, je peux pas, je peux pas, Olive se précipite vers la fenêtre et il regarde au loin la ville, elle est là-bas avec eux, elle a mal, il se retourne vers Tayeb pour tâcher de lui dire tout ça parce que ça va exploser, il ne ressent plus en lui que cette énorme rumeur qui le brûle, ce venin qui le met à vif, qui l'étripe, qui le massacre.

Mais Tayeb dort. Il ronfle doucement. Alors Olive se couche à côté de lui et prend son stéthoscope. Il n'entend que son cœur qui bat, bruyant, têtu, malgré tout. Et ça l'endort, cette vie qui pulse sans plus savoir pourquoi.

17

« Merde, putain de chierie », s'est exclamé François en démarrant, sa voix prolongée dans les aigus par le crissement des pneus qui laissaient de la gomme sur le bitume. La voiture a enfilé la rue Achard, le pont tournant, puis les quais. Mila sanglotait à l'arrière, tassée contre la portière. Richard l'observait à la dérobée, facile grâce à la pénombre où se jetaient régulièrement des paquets jaunâtres d'éclairage urbain qui suffisaient à révéler ce qu'il avait cru voir : l'objet de rêve, la page de catalogue, la femelle majuscule. Le brutal la couvait du regard avec des yeux de poule shootée à l'ecstasy. Il adorait son chagrin, éprouvait sa peine, se crispait au bord du choc esthétique.

– Fais-la taire, putain de moine ! a crié François comme ils passaient devant la place des Quinconces.

– Allons, calmez-vous, a conseillé Richard doucement. On est avec vous. On va vous aider.

De fait, elle s'est calmée un peu. Elle reniflait contre la vitre, elle tenait ses bras serrés autour d'elle, et Richard a été jaloux des bras, ainsi que du tee-shirt trop grand sous quoi pointaient les seins, tout ce tissu qui la touchait platement.

À deux reprises, ils ont croisé des voitures pleines de flics qui fonçaient vers le nord. François les a insultés.

Il tapait parfois sur le volant en disant que c'était la merde totale, qu'on allait leur coller le meurtre du René sur le dos, qu'on ne le prendrait pas vivant. Il se baladerait désormais enfouraillé au calibre maousse, customisé dum-dum, assuré sur la mort par les mutuelles Smith & Wesson. Prêt au combat de rue, paré pour la fusillade nourrie à la cervelle.

– Qu'ils me cherchent, ces pédés de flics ! Je vais réduire le nombre de fonctionnaires, moi, ça fera moins de retraites à payer !

Il a lancé la voiture sous le panneau complexe de la viande, et ils sont passés devant les abattoirs, puis devant des putes qui stationnaient à proximité du marché de Brienne. Après, ils ont longé le quartier moche où Bègles commence, en contrebas de l'autoroute, fouillis de bicoques lépreuses à moitié abandonnées et d'entrepôts aux portes rouillées. Quand ils sont arrivés devant le garage, François a demandé à Richard d'ouvrir l'œil, des fois qu'ils seraient déjà là en embuscade.

– Mais non, a fait Richard, très apaisant, sans quitter Mila des yeux. T'inquiète.

Il s'est tout de même arraché à son siège et à sa contemplation pour aller ouvrir la porte. François a rentré la voiture, il a stoppé au ras du stock en jurant.

Dès que la lumière s'est allumée, il a pu voir Mila, que Richard aidait précautionneusement à descendre. Il l'a bien regardée, il a secoué la tête, il s'est approché un peu et l'a toisée lentement.

– Bon, a-t-il murmuré. On n'a peut-être pas fait le voyage pour rien.

Dans le bac à soldes, Richard farfouille sans ménagement, à l'instar des femmes qui l'entourent, parmi la dentelle, le balconnet, la baleine. Il teste les bretelles, tâte les coussinets, se retrouve à l'autre bout d'un article satiné que tire à elle une créature famélique. Il insiste, c'est lui qui l'a pris le premier, il sent monter un peu de colère. La jeune femme ne cède pas. Elle lève les yeux vers lui et découvre avec stupeur la gueule carrée du tueur dont les maxillaires frémissent. Elle échange avec une autre cliente un regard ironique. Sourires. Richard entend que ça gronde méchant dans sa calebasse. Il fixe ostensiblement ses yeux vides sur le buste de sa rivale. Morne plaine. Il secoue la tête. De quoi elle a besoin ? Quelques piquouses d'hormones, pour faire pousser l'escalope… Une greffe plastoque, ce genre. Il la dévisage avec un sourire mauvais, lourd de sens. La nana comprend, on la sent tout de même vexée. Elle lâche le bonnet. Les regards de six grognasses convergent sur les mains noircies de poils qui continuent de fourrager dans le frou-frou comme des rats dans la chantilly. Bon. L'ambiance devient lourde, et il n'est pas venu pour brutaliser. Serait plutôt en mission. Il extrait de l'amoncellement délicat trois tailles différentes, contrarié aussi de n'avoir pas songé à ce détail avant de partir.

Il laisse les femmes à leur congrès de nichons moqueurs et louvoie entre deux grands mannequins sous-vêtus de noir et de rose. Une main de plastique est tendue vers lui, et instinctivement, il lève la tête vers le regard aveugle. Au premier contact avec une culotte, une chaleur inédite se répand dans sa viande. Il va cuire de l'intérieur. Il caresse du revers de la main l'entrejambe décoré, sur fond blanc, de petites coccinelles. Il a envie de se transformer en bête à bon Dieu. Courir où il veut, explorer cette touffeur vivante. Apporter le bonheur. Une vendeuse le fait sursauter en lui demandant si elle peut l'aider. Non, c'est pas la peine. Il voit très bien ce qu'il y aura entre ces triangles courbes. Volumes, creux, lignes de fuite…

Il paye avec la carte bleue qu'il a gagnée l'autre jour au tarot. Code bon, affiche la machine. Pas la peine de jouer au Loto.

En sortant dans la rue Sainte-Catherine, il ne perçoit qu'un pavage luisant de têtes, aussi loin qu'il regarde, là-bas vers la Victoire, où tout s'évanouit dans le flou de la chaleur.

Bon. Elle dort. Il la détache aussitôt, il enlève le bâillon. Il s'excuse à voix basse et l'embrasse sur le front.

– Tiens. Je t'ai apporté ça. J'espère que ça va t'aller. J'ai pas trop l'habitude, moi.

Il dépose ses achats autour d'elle sur le matelas, avec la délicatesse d'un représentant en lingerie. D'une autre poche, il sort des boîtes de conserve, du pain de mie, un paquet d'assiettes en carton.

– Dès que tu te réveilles on va bouffer, faut pas se laisser aller ! Cassoulet, pâté, et de la confiture, t'aimes, ça ?

Il se retourne vers Mila, et aperçoit la tache claire de sa culotte. Oh ! putain. Je peux pas te faire ça. Il s'approche, effleure du doigt le satin d'une cuisse, remonte lentement. Il a envie de mettre sa main là-haut, de prendre à pleine paume la motte qui bombe le coton. D'y coller sa bouche, d'y fouiller avec la langue, d'y fourrer sa queue. Le film passe dans sa tête, couleur et gros plan.

– T'es trop belle pour ça.

Il rabat le drap sur elle.

– Pas comme ça, tu comprends ? Seulement si tu veux. Les autres j'en avais rien à branler. Je les niquais juste pour moi. J'aimais bien les faire morfler.

Il se rappelle certains cris. Des séances de rodéo où il bastonnait des croupes en aboyant des insultes. Le sang qui venait parfois. L'odeur de la merde. La gueule au maquillage défait qui se levait vers lui, les yeux enflés de larmes, les paupières bleuies de fard délavé. La bouche trop rouge, enflée par les coups et les baisers forcés, comme une plaie répugnante qu'il avait pourtant encore envie d'obliger à s'ouvrir. Et son mandrin qui fatiguait jamais, qui pistonnait féroce des heures durant, jusqu'à la douleur. Boudins, gnasses, trous, chiennes, fentes, c'étaient. Rien que de l'objet un peu plus confortable que du caoutchouc. Pas une dont il se rappelle le nom, ou la figure exactement. Il en a peut-être tué une, par inadvertance ou par jeu, comme on fait des insectes. Tout d'un coup, il se demande. Laquelle ? Quand ? Il s'inquiète des trahisons de sa mémoire. Redoute les lueurs qui lui parcourent les hémisphères des fois et lui brouillent toute la réalité. Non. Je serais en taule. Ou chez les branques à me baver dessus dans un fauteuil roulant. Et puis il y a elle, qui lui est tombée dans les bras. Il est content rien qu'à la regarder. Rien qu'à l'idée d'être seul à se rincer l'œil toute la journée.

À la couvrir des yeux toute la journée. Lui tout seul. Il se répète ça, quand l'envie le prend d'allumer la télé et de se voir un film peuplé de cadavres dévoreurs. Non. T'es con. Elle est belle, t'as cette beauté sous le blair, alors mate-la, ça va pas l'user. Pour le reste, y a toujours les putes, en attendant qu'elle s'apprivoise. Il est sûr de pouvoir attendre. Persuadé d'avoir du temps. Il pige pas bien les contraintes, ni les contraires. Braquages, meurtres, flics. Bon. Mais à présent c'est fini. Du passé. Elle est là. Preuve que la page est tournée. Il a des rêves de plages, de promenades au clair de lune, de rivages exotiques, avec Mila dedans qui bouge au ralenti. Dans le genre publicité pour un parfum, ou une eau minérale, tiens, bourrée d'azur et de limpidité. Il a l'imaginaire découpé en spots. Il zappe au petit bonheur, par bouts de quarante-cinq secondes d'extase bleue. Et puis ce soir, il ira se refaire le self-control pour pas casser la télécommande : vider quelques godets avec des ploucs, puis se décontracter le chinois avec une frangine pas trop moisie des recoins. Ensuite, il pourra, l'esprit purgé des humeurs peccantes, envisager sereinement l'avenir.

18

« On le fait et c'est tout, comme ça, on sera paré ! Alors, tu te décides ? »

Olive tapote un oreiller, il tire sur la couverture pour en supprimer les plis.

– Putain, arrête de faire la femme de ménage et réponds-moi ! insiste Tayeb.

– Et s'ils sont plusieurs dans la caisse ? On fait comment ? Tu te les manges au karaté ? T'es Bruce Lee, peut-être ?

– Je t'ai déjà dit qu'on le ferait une autre fois, merde ! Tu te chies dessus, ou quoi ? Avec un calibre, on pourra voir venir. On se fera plus enfler. Si mon père est expulsé, je te jure que ça va morfler ! Et de toute façon, la branlée qu'ils lui ont foutue, ça va se raquer cash !

– Tu vas pas tuer un flic pour ça, Tayeb. Déconne pas !

– Quoi, pour ça ? Qu'est-ce qu'il me fait lui ? C'est pas ton père qu'a pris des pains. Ils l'ont humilié, comme ils font avec les Arabes à chaque fois.

Olive a baissé la tête. Il lisse machinalement la couverture sur le lit.

– Mon père… murmure-t-il.

– Ça va, fait Tayeb. Pardon. Je pensais pas à ce que je disais.

Olive signifie d'un geste de la main que c'est passé. Il regarde l'heure à sa grosse montre.

– Et les tox qui zonent ? Comment on fait avec eux ? Yen a toujours toute une chiée.

– Ils font quand même pas la queue. T'as qui, le soir ? Nordine, Marco, Vincent, Majid ? C'est les réguliers, ça. Les autres, ils viennent pas toujours, ou ils vont à la Victoire ou à Gambetta.

Ils glissent dans leurs poches quelques billes de verre. Tayeb manipule son cran d'arrêt pour en vérifier le mécanisme. Avant de sortir, ils enfilent leurs cagoules, et se regardent mutuellement.

– On fait ninja, observe Olive.

Ils assujettissent la plaque d'acier à l'encadrement de la porte et décident de descendre à pied pour se mettre en jambes. Quinze étages d'échauffement.

La voiture de Gino est bien là, sous les platanes, un peu à l'écart du terrain de boules désert. La nuit s'annonce. Elle met de l'ombre un peu partout, elle s'attaque à la netteté des choses, mine de rien. Ils décrivent un vaste circuit par le bord du fleuve pour gagner un peu de temps, attendre qu'il fasse plus sombre. Le ciel se peint des fantaisies habituelles auxquelles ils ne s'intéressent pas. Ils s'arrêtent derrière le terrain de foot, s'adossent au grillage, et regardent vaguement l'autre rive, la circulation à Lormont. Tayeb sort une cigarette, en propose une à Olive, qui accepte. Le briquet ajoute sa chaleur à celle de l'air.

– Tu fumes, toi, maintenant ? demande Tayeb.

– Oui, mais pas souvent.

La nuit leur tombe dessus au moment où ils écrasent leur cigarette. Ils se retournent vers le boulevard où rien ne bouge. On aperçoit la silhouette du dealer au volant. Il a l'air seul. On distingue un point incandescent qui bouge parfois. Ils se mettent en marche. La carrosserie luit sous la lueur lointaine d'un réverbère.

– Vise un peu la caisse qu'il s'offre, ce bâtard, fait Tayeb. T'as la fronde ? Je fais le tour.

Il s'éloigne dans l'obscurité pendant qu'Olive se dirige droit vers la voiture. Il sait que les yeux de Gino sont rivés sur lui. Il sait sa méfiance d'animal. À dix mètres à peine, Olive s'arrête. Il prend la fronde, la charge d'une bille, tend l'élastique. Dans la fourche s'inscrit la surface bombée du pare-brise. Il lâche son coup. La bille rebondit contre le verre, elle a probablement éclaté. Il recharge, tire à nouveau. Il ne voit pas si le Securit a pété ou quoi, mais il entend le dealer gueuler dans l'habitacle. Les amortisseurs flottent faiblement sous son agitation. Olive balance une troisième bille, plus bas, et fait éclater un phare. L'autre bondit hors de sa bagnole en brandissant quelque chose. Le flingue. Olive se dit qu'il va se faire trouer sans rien pouvoir faire. Gino c'est un impulsif. Il marche vers le garçon qui n'a pas bougé, qui ne sait plus quoi faire. C'est une matraque que l'autre tient dans la main. Olive a envie de chier. Son ventre se déchire en dedans, gonfle de trouille, se tord et brûle. Il recule de deux ou trois pas. L'autre hurle des insultes, enculé, salope, je vais t'arracher la gueule. Olive arme à nouveau le lance-pierres et tire au jugé. C'est comme un aboiement de chien. Johnny se courbe en deux, les mains sur la figure. Il titube, il tombe à genoux. L'élastique tendu, Olive s'approche. L'autre a la position de la prière, le front sur les cailloux. Il brame. Il a du sang sur les mains qui dégoutte au sol. Puis il parvient à se redresser. Olive commence à se demander ce que fout Tayeb. S'il ne serait pas le nez dans l'éther ou quoi. Gino est debout, chancelant, et il laisse retomber ses mains le long de son corps, impuissant. Son œil droit n'est plus qu'une purée sanglante, d'où s'écoule une crème blanchâtre. Sa bouche ne produit plus que des râles, et de la respiration courte. Puis quelque chose bouge derrière lui. Tayeb. Le dealer a le mouvement de se retourner, mais perd l'équilibre et tombe sur un genou. Tayeb est allongé sur les sièges avant, on l'entend fouiller. Il sort en tenant un gros pistolet noir. Il le manipule vivement, fait claquer la culasse.

– Qu'est-ce que tu branles ? demande Olive.

Tayeb ne répond pas. Il s'approche de Gino agenouillé qui souffle bruyamment. Et d'un geste facile, le bras tendu vers le bas, comme s'il donnait du pain aux petits oiseaux, il lui tire dans la tête. Le fracas de la détonation arrache les deux garçons du sol, et y projette le dealer, qui s'écrase parmi les morceaux de son crâne et de ce qu'il y avait dedans. Ça se répand autour de ce qui reste de sa tête, mais la nuit, le sang est noir, et l'on distingue mal ce qui s'est éparpillé et coule doucement.

Olive geint, piétine, s'enroule les doigts dans l'élastique de sa fronde. Merde, merde, parvient-il à articuler. En plus de ses intestins noués de trouille, son estomac remonte d'un bloc dans son thorax, et il redoute le trop-plein général, le débordement incontrôlable.

– Tu l'as tué, putain ! il s'écrie, histoire de se concentrer sur quelque chose de précis.

Tayeb est accroupi et cherche autour de lui en tâtonnant sur le sol. Il se relève en fourrant un petit objet dans sa poche.

– J'ai la douille. Je la ramasse, comme les pros. Savent pas à qui ils ont affaire, maintenant. Il se précipite vers la voiture.

– Je vais voir s'il y a de la thune. Un dealer c'est toujours plein de blé. Cherche sur lui, dans ses poches, des fois que.

Olive considère avec horreur le mort à la gueule incrustée dans les cailloux. Il recule d'un pas, puis s'approche de Tayeb qui fouille la voiture.

– Je peux pas le toucher, moi. Il est mort.

– Ben justement, c'est plus pratique que s'il était vivant !

Tayeb soulève les tapis de sol, arrache les housses des sièges.

– Cet enculé, il a pas de cash. Il doit passer à la banque trois fois par jour, je veux pas le croire. Y a un peu de dope, c'est tout !

Il marche vers le cadavre et le retourne avec violence. À la place du visage de Gino, on ne discerne plus qu'un chaos de viande déchirée et d'os. Tayeb détourne le regard. Une nausée le fait tousser. Puis il entreprend de fouiller les poches du veston, d'où il tire un portefeuille à peu près vide.

– Laisse-le, on se casse, les keufs vont se pointer, prévient Olive.

Tayeb n'entend pas. Il explore le pantalon, mais retire sa main comme si une bestiole l'avait mordu.

– Il s'est pissé dessus ! Y a des thunes, mais c'est tout mouillé !

Il se relève et s'essuie la main à son jean. Il tient toujours le pistolet, il se met à marcher vers Olive le pistolet toujours au bout du bras qui balance en cadence, comme un appendice naturel.

– Éteins les phares, c'est pas la peine d'user de la lumière pour ce tas de merde.

Olive manipule des manettes. Le klaxon corne bruyamment, bien sûr. La nuit revient enfin, et elle couvre leur fuite vers le bunker. Presque arrivés au bas du bloc D, ils croisent Nordine. Il fait rouler sur eux son regard absent, et s'écarte à leur passage. Sous la lueur du plafonnier, sa figure est creuse, son teint carrément blanc. Vampire, zombie, spectre flottant. Il a l'air plus mort que Gino.

– Tu vas pouvoir shooter à bloc, lui dit Tayeb. La dope c'est gratos aujourd'hui. Libre-service sous le siège.

Le visage du junkie se tord d'un sourire imprécis.

– Ah ? C'est cool, alors.

Il s'éloigne d'un pas un peu plus vif, l'ombre absorbe sans mal sa silhouette effilée.

Dès qu'ils arrivent dans le bunker, Olive allume la lampe à gaz, et il se laisse tomber sur le lit. Il écoute Tayeb qui fourgonne dans la salle de bains, sous la baignoire, pour cacher l'arme. On a tué ce mec, ouh putain, et je lui ai fait sauter un œil avec la fronde, schlack, je crois que je vais dégueuler, on a massacré ce salaud, qu'est-ce qui m'arrive.

– Tayeb, t'entends ça ? On est des assassins, on a buté un mec, tu sais ce que ça veut dire ? Tu le crois, toi ?

– C'était pas un mec, c'était un dealer. Nuance. Une salope totale. T'as guetté la gueule à Nordine ? S'il crève pas d'overdose, ça sera le SIDA… Sûr qu'il est séropositif. À une époque il shootait avec n'importe qui. Alors Gino, on a bien fait de le crever.

– On va se faire arrêter, merde. On va faire du trou.

Olive n'a plus de voix. Chaque mot lui reste dans la gorge.

– Pas moi, fait Tayeb sourdement.

– Quoi, pas toi ?

– Pas moi, je te dis. Tu verras.

Tayeb s'approche de lui et lui donne une petite claque.

– Cool, mec. Les flics ils vont pas te pourchasser jusqu'en Chine pour cette truie de Gino. C'est bon débarras pour tout le monde.

Quoi, la Chine ? Qu'est-ce qu'il me joue, ce branque ? Olive n'a pas envie de fuir en Chine, ni ailleurs. Il ne veut aller nulle part où Mila ne sera pas. Le cœur lui pince en y pensant.

Tayeb l'appelle depuis le palier. On y va. Olive éteint la lampe, et part vers la sortie à tâtons. Tayeb lui demande l'heure. Le petit cadran s'éclaire. Vingt-trois heures huit.

– Je me dépêche, dit Tayeb en fonçant dans l'escalier. Ma mère va encore pleurer, je sens.

– Il a pris sa soirée, s'empresse de répondre Fran-
ois. Ça fait trois jours qu'il la gardait, il avait besoin
e se détendre.

Ils boivent en silence. On entend grésiller le cham-
agne dans les coupes. On pourrait aussi entendre grin-
er le cerveau de François qui commence à se gripper
ous l'effet corrosif d'un mélange instable d'hormones et
e neurotransmetteurs. Il aurait un peu de mal à l'expli-
uer, mais il sent sa chimie neuronale devenir explosive.
I. Philippe a posé négligemment une main entre les
uisses de Lucienne.

– Bon, dit-il au bout d'un moment. Cinquante mille.
ash. J'ai le blé, vous l'aurez tout de suite.

François se retient de lui sauter à la gorge.

– Il me semblait que ça valait plus, fait-il d'une voix
touffée. Vous avez vu la fille. Y a plus qu'à prendre
es photos. Un vrai bijou.

M. Philippe secoue la tête. Il sourit franchement, la
hose semble le distraire. Il refait le niveau en bulles
légantes, puis s'avance au bord de son fauteuil.

– Désolé. C'est cinquante mille, ou vous vous cassez
vec elle. Comme ça, vous aurez une accusation d'enlève-
nent et de séquestration sur le dos. C'est vous qui voyez.

François se lève d'un bond, comme si le canapé le
ecrachait après avoir tenté vainement de l'avaler. Manu
e regarde faire d'un air indécis, puis il se lève à son tour.

– Alors on s'en va. On peut plus faire d'affaires
vec vous.

Il s'apprête à réveiller Mila.

– Rasseyez-vous, ordonne M. Philippe doucement.
Dis, ma poule, y avait rien à la télé, ce soir ?

Lucienne comprend et s'éclipse en chaloupant comme
par gros temps. Les deux truands se concertent du regard
et se rassoient.

19

Ils se trouvent devant un portail de fer gris, qui clôt une muraille de gros moellons, escaladée par de la vigne vierge. Derrière, des arbres et des chants d'oiseaux, le tout baigné d'une lumière déclinante et dorée.

Manu descend de voiture et appuie sur un bouton surmonté d'un interphone. Une voix grésille, il dit c'est nous, et presque aussitôt le portail s'ouvre. Dès qu'il est remonté à bord, la voiture s'engage lentement sur un chemin de gravier. Les pneus crissent lourdement. Le parc est touffu, fleuri, plein d'ombre tiède. Les pelouses sont rafraîchies d'une vapeur diffusée par un arrosage intégré.

– Regarde où on t'emmène, dit Manu à Mila. Ça va te changer de ton clapier !

Mila regarde sans voir, les yeux battus. Elle bâille.

Ils stoppent au pied d'une terrasse où les attend M. Philippe. Il est vêtu d'un polo et d'un short. Blancs. Une grosse chaîne dorée luit sur son poitrail où prospère une pilosité poivre et sel. Ses yeux de métal observent les deux hommes en train de s'extirper du véhicule. Il ne sourit pas, il ne cille pas, son visage n'exprime rien. Il suffit pour l'instant qu'il les domine depuis la terrasse surélevée. On se serre la main, on échange des formules polies.

– C'est elle ? demande aussitôt M. Philippe en indiquant la voiture d'un coup de menton. Montrez-moi ça.

Manu se précipite. Il ouvre la portière, plonge à l'intérieur de l'habitacle. Il tire vers lui la fille, qui vient mollement. Comme elle est pieds nus, elle regarde par terre en contractant ses orteils, puis avance précautionneusement. Elle garde la tête baissée, les cheveux sur sa figure comme un voile. Manu la soutient comme il peut, ses mains posées sur le corps mince presque au hasard. Il l'aide à gravir les quatre marches de la terrasse.

– On lui a filé des cachets pour qu'elle se tienne tranquille, explique François.

M. Philippe ne l'écoute pas.

– Montrez-moi sa gueule.

Manu écarte les cheveux, les repousse en arrière. Sifflement admiratif de maquignon. M. Philippe toise la fille d'un air satisfait. Il pose une main sur les seins descend vers le ventre, tâte le pubis. Sa respiration est plus rapide, presque sifflante. On sent qu'il s'efforce de maîtriser des tas de réflexes et d'instincts assez rudes. Il soupire finalement, et, prenant Mila par le bras, il invite Manu et François à entrer. Les deux truands échangent un clin d'œil et foulent le parquet ciré comme s'ils marchaient sur des œufs. M. Philippe installe Mila dans un fauteuil de cuir blanc où elle se love aussitôt pour se remettre à dormir. Il indique aux deux autres un canapé assorti, et se laisse tomber dans un autre fauteuil. Le salon, vaste comme une salle de bal, est meublé de blanc, décoré de rouge et de noir. François se sent attiré dans la mollesse de la mousse et redoute que le siège lui avale le cul. Il résiste à l'objet cannibale en s'accrochant discrètement au bras qu'il trouve à main droite. Manu, lui, est déjà engoncé dans les profondeurs du confort chamallow. M. Philippe siffle, appelle une

certaine Lucienne. Il ne quitte pas des yeux Mil
en ronflant doucement, montre ses cuisses jusq
lisière de la culotte.

– Vous vous rachetez bien, dit-il à François. J'a
fait de voir, comme au poker. Premier choix.

On entend un pas s'approcher. Les trois ho
tournent la tête en même temps vers une femme
d'un maillot de bain deux pièces en latex noir. Tr
de latex, en surface comme en épaisseur. On c
que la chose a été taillée dans un préservatif fa
C'est Lucienne. Belle, grande. Elle a dû copie
maquillage sur un modèle de GMC customisé. E
ressemble pas à son prénom, plutôt dévolu de nos
au tablier à carreaux option espadrilles. Elle s'i
au-dessus d'une table basse et dépose un plate
trône une bouteille de champagne dans son seau à
Des coupes de cristal montent la garde. Elle tou
dos à Manu dont le regard se perd dans le sillon
chouté qu'elle lui montre, en attendant que ça c
ça s'ouvre, ça s'écarte…

– Chouette maillot de bain, pas vrai ? fait M
lippe.

Manu hoche la tête, bafouille que oui, c'est s
sourire vient se coincer entre ses mâchoires. Lu
ondule en direction de son homme, et s'installe
fesse sur le bras du fauteuil. M. Philippe décap
bouteille, laisse échapper un peu de vin.

– On contrôle pas toujours tout, hein, chérie

Il adresse à la femme une œillade entendue,
elle répond d'une moue dédaigneuse.

– Pas vrai, les mecs, qu'on ne contrôle pa
jours tout ? À propos, qu'est-ce que vous avez
branque ?

– Soixante mille, propose M. Philippe.

– Fous-la à poil, dit François.

Il va étriper ce mec avec un tesson de la bouteille de champ. Mais il a décidé de temporiser avec l'horreur. Manu s'approche de Mila et commence à retrousser la jupe davantage, et entreprend d'ôter la culotte, qui reste coincée sous le corps de la fille.

– Ça suffit, l'interrompt M. Philippe. Ne soyez pas ridicules, en plus.

Il se lève et marche vers une sorte de bibliothèque où quelques livres d'apparat prennent la poussière. Il prend dans l'un d'eux, qui n'est qu'une boîte déguisée, une grosse liasse dont il vérifie le montant.

– Voilà soixante-dix mille. Et on ne se connaît plus.

Il jette l'argent sur la table basse, et fourre les mains dans les poches de son short. Il prend un air buté et impatient. Derrière lui apparaît un type grand et fort qui se campe au milieu de la pièce, les mains croisées sur le bassin. Il porte un veston. À cette heure, et avec cette chaleur. François et Manu le zyeutent avec méfiance. Ce que cache le veston comme argument dissuasif ne fait aucun doute.

– On s'en va parce qu'il vaut mieux qu'on reste calme, dit François en ramassant le paquet de billets. Mais j'aime pas ta manière de nous parler. Tu respectes pas. T'es une fiotte, tu le sais, ça ?

Le type a fait un pas en avant, et il a décroisé ses mains, qui ballent le long de son corps, prêtes à l'emploi.

– Tu tiens ton clébard tranquille, sinon je lui botte son gros cul, moi. Il peut sortir son calibre et se le carrer, ça lui sert qu'à ça. Aujourd'hui, tu nous tiens par les couilles, mais ça changera. T'auras pas toujours ton larbin enfouraillé avec toi. Je te montrerai comment on cause avec les hommes.

Il fait un signe à Manu, et les voilà qui sortent sans regarder derrière eux. Ils soupirent en arrivant près de la voiture, et font claquer les portières très fort, et François fait chasser méchamment les roues sur le gravier en démarrant. Ils foncent comme des dingues sur l'allée, se faufilent de justesse entre les battants du portail qui achève de s'ouvrir, et enquillent la rue étroite en regardant devant eux d'un air farouche, comme si leur honneur avait cinq minutes d'avance sur eux.

20

Tiens, un dealer s'est fait descendre à Bacalan, où il se passe décidément chaque jour quelque chose. Les gars des stups sont sur les dents parce qu'ils allaient coincer sa filière après six mois de planques et de filatures. Nerveux, les mecs. Justement, je croise Atxaga, un copain, qui part se coucher après une nuit blanche passée devant une échoppe de Bègles. Il pue le tabac, il a la peau grise et les yeux gonflés de fatigue.

– On n'y comprend rien, à cette histoire. Tu parles d'un sac de nœuds, il me dit.

Je lui propose de prendre un petit noir à la cafèt'. Il décline en m'expliquant qu'il aimerait bien dormir un peu ce matin, parce que les amphéts commencent à lui tirer sévèrement sur les nerfs, mais il accepte de m'accompagner. Je crois qu'il m'aime bien, j'en suis même sûre, mais il ne se croit pas obligé à des regards en coin ou à des sous-entendus de vingt tonnes. Il me tient la porte de l'ascenseur, il s'efforce de sourire alors qu'il en a à peine la force. Gentleman.

Une fois qu'on s'est attablés, il lorgne avec envie ma tasse de café – il est plutôt bon ici – et s'allume une cigarette sur laquelle il commence à tirer avec une mine dégoûtée, et qu'il écrase au bout de trois bouffées.

– Putain, j'ai du plomb dans la gueule. J'ai bien cramé deux pacsons depuis hier soir.

Je me lève et je vais lui chercher un grand verre de jus d'orange, frais et épais. D'abord surpris, Atxaga se l'envoie avec un plaisir visible. Il me fait pour le coup un vrai sourire, et son teint se colore un peu.

– Comme je te disais, ce dealer, c'était Gino le Gitan, une belle ordure, un empoisonneur de première. Lui-même complètement clean. Touchait à rien, l'enculé. C'est les pires, ceux-là. Bref. Il a pris une balle dans la tête. Classique. Paix à ses putains de cendres.

Comme oraison funèbre, c'est assez loin de Bossuet. Atxaga, dans le genre, ce serait plutôt l'aigre de mots. Ses yeux brillants m'observent par-dessus son verre qu'il vide lentement.

– Mais là où c'est mariole, reprend-il, c'est qu'on a retrouvé sur le pare-brise de sa voiture des impacts bizarres. On s'est demandé d'où ça venait. D'autant que le Gino avait un œil éclaté, ça complétait le tableau. On a cru à des cailloux, on comprenait mal. Puis un flicard a trouvé des billes. Ouais ! Des billes en verre, des agates, comme on dit dans les cours de récré. On en a retrouvé quatre en tout, dont une sous le cadavre. Ils lui ont pété l'œil avec une bille, probablement au lance-pierres. Ensuite, ils l'ont achevé avec son propre flingue, qu'on n'a pas retrouvé. Gino était toujours armé d'une espèce de gros pistolet chargé au parabellum… Il le montrait à qui voulait le voir, comme si c'était sa bite. Le calibre le plus célèbre de Bordeaux.

J'écoute ça vachement intéressée. Le coup du lance-pierres me laisse rêveuse. Qu'est-ce qu'ils vont pas chercher, dirait ma grand-mère ! Atxaga termine son jus d'orange, pendant que j'assèche ma tasse de café.

– C'est pas des junkies qu'ont fait ça. On a retrouvé la dope éparpillée dans la bagnole, mais en quantité notable. Ils se seraient servis, tu penses bien. Ceux qui l'ont buté ne s'intéressaient pas à ça.

Il s'interrompt encore, et s'absorbe dans la contemplation de son verre vide. Ses paupières se ferment toutes seules, et je me demande si je dois le réveiller vraiment.

– Alors ? je me décide. Vous en pensez quoi, chez vous ?

Il revient un peu à la réalité, hausse les épaules, bouge malaisément sur sa chaise.

– On a peur qu'un autre gang essaie de s'implanter sur le quartier avec d'autres méthodes. Gino on le connaissait par cœur, et en plus, il y a parmi ses cousins des indics précieux. Des mecs qui vendraient leur propre mère aux flics contre la pérennité de leurs magouilles. Mais là, ils vont se méfier, on va mettre des mois à les récupérer. Et puis on sait ce qu'on perd, on ignore ce qu'on gagne.

– C'est conservateur, la police, comme institution. Ça craint le changement ! je fais remarquer.

Atxaga sourit faiblement. Je ne sais pas s'il est en mesure de réfléchir là-dessus, à plus forte raison de répondre quelque chose. Il étouffe un bâillement, et se frictionne les joues. Encore trois mots, et je l'endors tout assis sur sa chaise. Finalement on se lève. Je le raccompagne jusqu'à la sortie en le remerciant pour l'intérêt documentaire de son récit. Ça ne me sert à rien pour mon boulot, mais c'est bon de se renseigner. Comme Atxaga s'éloigne, je lui recommande de bien dormir, et il me promet de suivre mon conseil. Pour un peu, j'irais le border, le pauvre chou, tout flagada qu'il est. Ai-je précisé qu'il avait les yeux verts et de longs cils noirs et doux ?

Je remonte dare-dare, c'est pas le moment de faiblir. Sur mon bureau, j'ai le compte-rendu d'autopsie de René Castéra, que je feuillette en limant l'ongle de mon pouce droit qui accroche. Rien de neuf. Hémorragie massive, mutilation sexuelle presque totale. Il est mort par où il a péché. D'après ce que je comprends on se demande comment le service trois-pièces est resté accroché, surtout après que l'agonisant a couru derrière sa coupeuse. Prodiges de la nature ? Hasard et nécessité ? Je trouve que cette question résume assez bien le boulot de flic, mais je ne me donne pas la peine de développer. D'ailleurs, le téléphone m'arrache à mes réflexions. La voix d'Etchart s'impatiente, s'efforçant à la douceur, trois bureaux plus loin.

– Ah ! Marion, vous êtes là. Bon. Vous rappliquez en vitesse. On a du travail, aujourd'hui.

– Du travail, on en avait déjà hier, je vous signale.

– Je sais, je sais ! Faut pas laisser refroidir, donc. Je vous attends.

Quel faux-cul ! Tous les chefs, grands ou petits, le sont, mais il les bat tous dans l'art du sous-entendu. Comme les autres, il est persuadé d'être le seul à bosser, et d'avoir affaire à une bande de feignasses dissipées qu'il s'agit de remettre au taf en tapant dans ses mains. En plus, je ne supporte pas qu'il m'appelle par mon prénom. Ça sent la galère, la corvée demandée comme un service, sans aucun droit à l'erreur. J'achève de m'aiguiser les ongles avant d'y aller. S'il m'emmerde, je lui crève un œil.

Quand je pénètre dans son bureau, il m'accueille la cafetière fumante à la main, et il me sourit comme s'il allait me refiler un contrat d'assurance-vie.

– Je viens de le faire. Vous en voulez ?

J'acquiesce en allumant une clope. Je remarque son air contrarié, et j'avise l'un des trois panneaux DÉFENSE DE FUMER qui ornent les murs.

– J'ai pas de cendrier, fait-il.

– Ça fait rien. Je me contenterai de mettre le feu à votre poubelle.

Pendant qu'il ouvre la fenêtre, j'épie son bide qui, pendant ce court moment de distraction, se permet de déborder par-dessus la ceinture.

– Bon, dit-il en se servant une tasse de jus. Où on en est ? Ne me dites pas que c'est la merde, je le sais déjà. Faites-moi plutôt des propositions raisonnables. Donnez-moi quelque espoir.

Il accompagne ses paroles d'un sourire enjôleur.

– On ne sait pas où se trouve la fille, ni ce qu'ils en ont fait. Le piège qu'on voulait leur tendre est mal emmanché. Il paraît qu'ils sont beaucoup moins pressés de vendre leur stock.

– Le petit barman vous promène, non ?

– Non. On le tient par les… (Les sourcils de mon commissaire chéri se sont dressés instantanément.) On a trouvé qu'il faisait marner une toxico cliente du bar. On a des témoins, et la plainte de la fille. On peut le faire tomber pour proxénétisme quand on veut. Alors il file doux, il fait tout son possible. Mais on n'a pas envie non plus qu'il en rajoute et que ça leur mette la puce à l'oreille, aux autres, vous comprenez ?

Je m'arrête net. J'en ai trop dit. Je me laisse toujours entraîner. Etchart se redresse vivement dans son fauteuil.

– Bien sûr, que je comprends. Ne vous inquiétez pas pour ça. Si vous, vous vous y retrouvez, il n'y a pas de raison.

Bon. Un partout. Je m'excuse, ça ne coûte rien, et je le sens se détendre. Voilà ce qu'ils aiment, tous ces cons. Sentir bien stable sous leurs pieds la petite marche d'où ils prétendent dominer leurs semblables. Il est en train de consulter un calepin noirci de notes désordonnées.

Moi, j'ai terminé ma cigarette, que j'écrase au fond de la poubelle vide, et je suçote le fond sirupeux de ma tasse. Après, pendant que le chef réfléchit, ça dure en tout peut-être une petite minute, je pense à Daniel, en petite forme en ce moment, qui m'a laissée sur ma faim avant-hier soir, n'a pas appelé hier, et mon p'tit cœur a un pincement, oh ! très léger, pas de quoi abîmer le Playtex, mais voilà longtemps que je n'avais plus ressenti ça. Du coup, je sursaute au grincement de la porte derrière moi, et j'entends la voix de Cazeaux qui, saisi par notre silence, demande s'il ne dérange pas. Etchart lève les yeux vers lui en soupirant.

– Je présume que vous n'avez rien de nouveau vous non plus ? La grosse Dolorès ne sait rien, n'a rien vu, ni rien entendu ?

Cazeaux se sert du café, dos tourné à la hiérarchie. Il nous la joue méthodique et froid, il touille son café avec une application maniaque, en faisant juste le petit bruit qu'il faut pour agacer.

– On a trouvé François le Toulonnais, lâche-t-il d'une voix neutre après sa première gorgée.

Je crois bien que le patron et moi on tressaille des mêmes recoins. Ça doit se voir à notre pâleur semblable, parce que Cazeaux ajoute aussitôt :

– Je veux dire au fichier.

La tension retombe. On s'éloigne de la collapse.

– Il s'appelle François Mercurios, né à Bastia le 10 juillet 1959. Première condamnation en 1974 pour vol et trafic de bétail avec un oncle à lui, adjoint au maire d'un bled de la montagne corse. Il prend six mois ferme. Ensuite, il a été mêlé aux milieux nationalistes, on le soupçonne de plusieurs braquages, mais on n'a jamais aucune preuve, ou les témoins se rétractent. Bref. Il passe sur le continent en 1982 et s'installe à Toulon. Là, il sert de chauffeur à Robert Dominati, vous savez, l'affaire du casino de Gratte-sur-Mer, ce croupier qu'on a retrouvé coupé en deux sur une plage. Ensuite, au moment où son patron s'enfuit en Italie, François fonde sa petite entreprise, et monte plusieurs fois au braquage. Il se spécialise dans les transports de fonds en se servant de bazookas comme ouvre-boîtes. On lui attribue la mort de deux convoyeurs, mais on trouvera jamais de preuves là non plus. Il tombe pour une histoire de dope, on retrouve un kilo de coke dans le coffre de sa voiture. Il tire six ans pour ça, et depuis sa sortie, plus personne n'en avait entendu parler. On savait même pas qu'il était à Bordeaux. Inconnu aux impôts, aux cartes grises, à la sécu. Bref. Le clando parfait. On a envoyé sa photo à la DICILEC, et un peu partout. Mais ça va être duraille de le prendre.

– Merde, commente le commissaire. Fallait que ça tombe sur nous. Moi qui étais persuadé que le Vidéo-Gang c'étaient des minables, des braqueurs de vieilles qui essaient de monter en grade. On tombe sur une pointure d'importation, made in magouille-land ! En fouillant un peu, on va découvrir qu'il a été l'homme de confiance d'un président de Conseil général !

– D'après les collègues, il aurait quitté le Var juste après sa sortie de prison, ajoute Cazeaux. Ils m'ont pas parlé de politique.

– Pourquoi veux-tu qu'ils en parlent ? je dis. Ils sont dedans jusqu'au cou. Ils causent pas de ce qui blesse !

Etchart semble sortir de son abattement, et se lève, et s'étire. Le cuir sera pas cher cette année.

– Et les autres ? On n'a toujours rien sur eux ? La grosse les a jamais vus ?

– Elle en a vaguement décrit un, le genre élégant, brun, taille moyenne, bronzé. L'air méchant, elle a dit.

– Je propose d'arrêter tous les mecs qui ont l'air mauvais, je rigole. On fait sauter les congés des tuniques bleues, et on transforme le vélodrome du Lac en centre de tri. Et on nomme Papon préfet de police.

Le commissaire bondit vers moi, et j'ai aussitôt son torse large et bombé devant les yeux. Je le regarde droit dans les trous de nez, par où il souffle une rage à peine contenue dont je sens par ailleurs se diffuser les effluves âcres.

– Ça y est ? Vous avez fini ? me demande-t-il sourdement.

J'opine du bonnet. D'accord, chef. Je ne vais quand même pas m'excuser pour la deuxième fois. Je l'emmerde, lui et son enquête pourrie.

– J'en ai autant marre que vous de ne pas avancer sur cette affaire, je dis, pour l'apaiser. Ça fait un mois qu'on piétine, qu'on cavale partout, qu'on secoue les rares indics qu'on a, et on voit rien venir. Alors à part dire des bêtises, je ne sais plus ce que je pourrais faire d'autre.

Sur ces mots, je leur tourne le dos et je les plante tous les deux là, et je claque bien fort la porte pour signifier clairement l'émotion d'une femme flic vachement à cran. Dès que je suis de retour dans mon bureau, j'ouvre la fenêtre et je regarde voler les pigeons au-dessus des toits en pensant à Daniel trop fatigué pour venir me voir, depuis trois soirs, mais absent de chez lui à une heure du matin, comme c'est bizarre, je me demande amèrement s'il n'aurait pas par hasard trouvé à traiter d'autres urgences la nuit. Je ravale vite fait l'envie de chialer qui me prend, mêlée à l'envie d'aller de ce pas dans son cabinet lui casser la gueule. Puis je décide de me rendre utile : j'appelle le juge Vernier pour savoir où en est M. El Mestari et proposer de l'entendre à nouveau dès qu'il sera sorti de l'hôpital pour quelques précisions sur notre affaire.

Je me dis que ça bloquera la procédure d'expulsion, il est plus témoin que suspect, je me prépare des arguments en attendant que le standard du Palais de Justice me passe la communication. Le juge n'est pas arrivé, je tombe sur son greffier, un connard pète-sec qui me laisse à peine parler.

– Vous voulez parler du receleur de Bacalan ? Celui que vos collègues ont tabassé ? Il est sorti avant-hier de l'hôpital, et il a été mis dans le premier avion pour le Maroc. Monsieur le juge n'a rien pu faire. C'était une procédure d'urgence. On nous a expliqué qu'il pourrait être entendu sur place si c'était nécessaire. Enfin… Rappelez vers dix heures, le juge Vernier vous donnera peut-être d'autres détails. Excusez-moi, j'ai beaucoup de travail.

Et il raccroche. Je reste comme une andouille, le combiné à la main, la tonalité qui me transforme le cerveau en gros clignotant. J'essaie de faire le point. Je me dis que j'ai mal entendu, que c'est moi qui ne tourne pas rond aujourd'hui. Je tâche d'être convaincante avec moi-même, j'envisage même la possibilité d'un rêve très réaliste. C'est à ce moment que le stagiaire entre en trombe dans le bureau, tout rouge, l'air fébrile. La réalité a bel et bien sa sale gueule.

– On a l'heure du rencard. Le barman vient d'appeler.

Je le regarde se balancer d'un pied sur l'autre, les yeux brillants comme si une fièvre brutale le dévorait.

– Le Vidéo-Gang ! il m'explique. Un coup de bigo chez le patron, y a une heure. Demain matin à dix heures. Ils seront là tous les trois. On sait même où ils planquent le matos. Un ancien garage de Bègles. On a l'adresse, tout ! Putain ! C'est grand ! Ça va être la guerre !

Je devrais lui conseiller d'aller se mettre la tête sous un robinet d'eau froide, ou de se tremper l'engin dans la glace pilée. Il va me faire une crise de priapisme là au milieu du bureau, et je sens que ça va me gêner. Le téléphone turlutte, l'autre en profite pour s'esquiver. Etchart m'apprend ce que je sais déjà, il me dit qu'il compte sur tous les membres du groupe, qu'il s'agit d'une grosse opération, risquée et tout. Il parle avec la volubilité de l'arnaqueur de base.

– Les risques, on devrait pouvoir les limiter en attendant les types au garage. On peut même les attraper avec un minimum de personnel.

– Non. Je viens d'en parler au patron, il pense comme moi : il faut aller vite, on ne va pas encore prolonger le cirque des surveillances pendant huit jours. En plus, ils risquent de nous filer entre les doigts si on en prend un et qu'ils s'en aperçoivent. Non. On les prend tous ensemble, et l'affaire est réglée. On aura les moyens nécessaires. Allez. Tout va se passer comme sur des roulettes. Je vous attends dans mon bureau avec tous les autres pour mettre ça au point. On a du boulot.

Bon. Je repose le combiné, qui commençait à se faire lourd. J'ai l'impression que quelque chose se noue, d'inquiétant et d'irrémédiable, dans le genre nœud coulant. Je m'allume un clope et je le fume en m'efforçant de ne penser à rien, mais c'est dur. Tout se mélange,

Daniel, les flics et leur coup foireux, ma tristesse et ma colère. L'envie de tout plaquer, ce boulot de merde, ce mec qui me prend pour une cruche, sûr qu'elle va lui péter à la figure, la cruche, d'ailleurs. Devenir institutrice, tiens. Comme papa et maman. Beau métier. De l'humain qui cavale partout, qui se marre et se cure le nez, des lardons tout frais à qui j'apprendrais de belles choses. Sans compter les papotages dans la cour de récréation, la dernière manie de l'inspecteur commentée avec l'ironie de circonstance. Merde, là aussi il y a des inspecteurs, et pas piqués des vers, si je suis bien renseignée. Cernée, je suis.

J'écrase ma cigarette et je chasse ces perspectives déprimantes de mon esprit. Au moment où je me lève, Cazeaux entre dans le bureau, avec aux lèvres la grande nouvelle.

– Je sais, Etchart m'a appelée. Prends ton flingue, il paraît que c'est la guerre.

21

Ils sont arrivés à l'hôpital vers une heure et demie. La mère était un peu fatiguée de toute cette marche à pied depuis l'arrêt de bus sur les quais. Tayeb l'a prise par le bras pour monter les quatre marches qui menaient au grand hall. Il tenait à la main une poche pleine de cerises. Ahmed adore ça. Quand ils sont passés devant la réception, ils n'ont pas compris qu'on s'adressait à eux. Une femme en blouse blanche s'était levée derrière le comptoir et faisait de grands signes.

– Vous venez voir M. El Mestari ?

– Oui, mon mari, a répondu la mère.

– Mais il n'est plus là ! On ne vous a pas prévenus ?

Dans la tête de Tayeb, c'est bombardement nocturne. Détonations sourdes dans le noir. Flashes. Lueurs d'incendie.

– C'est quoi c't'embrouille ? Où il est ?

– Calmez-vous, jeune homme, conseille l'employée, qui n'imagine pas comment il peut s'énerver. On n'y est pour rien. La police est venue le chercher ce matin. Deux inspecteurs. Il allait beaucoup mieux, vous savez…

– Où il est, là ?

– À la police, je suppose… À moi on ne m'a rien dit.

Elle a pris pour dire ça un petit air revêche qui lui raidit le dos, et elle se rassoit devant son écran d'ordinateur.

La mère a pâli. Elle se met à demander en arabe des précisions que l'employée néglige en se concentrant sur les tableaux qui quadrillent son écran. Tayeb fait taire sa mère en lui posant doucement les mains sur les épaules. Il lui explique qu'il faut aller rue Castéja, où sont les flics, que c'est un peu loin, mais qu'ils pourront sans doute repartir avec Ahmed. Il essaie d'être convaincant alors qu'il entend à peine sa voix parmi le chœur d'alarmes hurlantes qu'il est devenu. Il prend sa mère contre lui, il la serre, il cherche des mots. Il aimerait pouvoir lui parler dans sa langue à elle. Alors il ne dit rien.

Ils marchent encore. Tayeb la soutient parfois parce qu'elle trébuche en descendant des trottoirs. La femme s'essuie le front de son foulard, se plaint des jambes, dit qu'elle est fatiguée par tout ce bruit. Il leur faut vingt minutes pour arriver à l'Hôtel de Police. Le flic de faction leur barre le passage, l'air buté sous sa casquette. En lui expliquant ce qu'ils veulent, Tayeb pense au flingue de Gino. Il a compté les balles hier. Posées devant lui par terre. Puis remises dans le chargeur. Clic, clic. Il regarde droit dans les yeux le planton méfiant qui épie leurs réactions, et il envisage clairement les dégâts qu'occasionnerait le premier impact. Comme un grand coup de poing dans la gueule qui enfonce le nez et qui continue ensuite sa route et arrache l'arrière de la tête. Il repense au visage de Gino, emporté comme un masque de viande et d'os. Puis il voit le flic tourner les talons et comprend qu'ils doivent le suivre. Il les conduit à un bureau d'accueil où ils redisent leur requête à un autre flic, tête nue, la figure couperosée et luisante de sueur qui se met à téléphoner, d'un poste l'autre, en saluant poliment à chaque fois, sans perdre des yeux les deux quémandeurs.

– J'ai là deux personnes, oui… des Maghrébins, qui cherchent un certain Ahmed El Mestari. Oui. J'attends.

Il attend, l'oreille collée au combiné, promenant son regard de Tayeb à la mère comme s'il cherchait l'air de famille. Au bout d'un petit moment il dit « d'accord », il remercie, il raccroche. Il note quelque chose sur un bout de papier qu'il tend à Tayeb. Bureau 334. Inspecteur principal Rousseau. Le flic s'éponge le front en leur indiquant l'escalier.

Trois étages. Des portes qui claquent, qui grincent, laissant cavaler des courants d'air chauds. Et des flics, évidemment. Il en sort de partout. Qui les croisent, les dépassent en trombe, leur tiennent la porte, leur sourient, même. En civil, en tenue, cravatés ou débraillés. De tous âges, tailles, corpulences. Il y en a même qui n'ont pas des gueules de flics, et sans les papiers qu'ils portent ou les suspects qu'ils traînent au bout de menottes, ce pourrait être des postiers, ou des voleurs. Tayeb se figure être un héros qui pénètre dans le repaire des pirates et s'étonne qu'ils n'aient pas tous un bandeau sur l'œil. On fait maintenant de belles prothèses, trompeuses… Des leurres qui redressent les regards torves. Des panoplies de borgnes pour niquer les aveugles. Il évite de les regarder dans les yeux, de capter l'éclat qui tue. Se demande comment on sort de là.

Dans le couloir du troisième étage, un type vient à leur rencontre. Polo noir, jean, hernie de comptoir au stade primaire. Il se présente, inspecteur principal Rousseau, et les entraîne dans un bureau vide qui pue le tabac froid malgré la fenêtre ouverte.

– Où il est mon mari ? demande la mère.

L'inspecteur jette un coup d'œil à sa montre.

– Son avion a dû se poser à Rabat.

– Rabat ? répète la mère.

Ses doigts parcourent le bord du foulard qui lui enserre le visage. Il fait soudain plus chaud.

– Au Maroc, précise le flic. Il a été expulsé ce matin. Procédure d'urgence. On allait vous prévenir, de toute façon.

Il regarde Tayeb et sa mère d'un air embarrassé.

– Et qu'est-ce qu'on devient, nous ? demande la femme d'une voix plaintive.

– Votre mari était mêlé à une sale affaire.

– Ma mère vous a demandé ce qu'on allait devenir, parvient à articuler Tayeb. Mon père, il travaillait honnêtement depuis vingt-deux ans qu'il était en France. Jamais de chômage ni d'embrouilles.

Il est allé chercher l'air très profond en lui pour dire ça. De tous ses muscles, il en a maîtrisé le débit pour ne pas crier. Il s'est efforcé d'appliquer les méthodes asiatiques des super-combattants qu'on voit dans les films, et cherche à localiser dans son corps le flux d'énergie pure qui s'est concentré sous la forme d'une barre métallique virtuelle, probablement phosphorescente la nuit.

– Alors, fallait pas qu'il commence, rétorque l'inspecteur. Et c'est pas la peine de le prendre sur ce ton.

Il se tourne vers la mère en soupirant :

– Je regrette, Madame. Vous recevrez une copie de l'arrêté dans quelques jours. Tâchez de dissuader votre mari de revenir en France, parce qu'alors c'est la prison, qu'il risquerait. Il existe des centres de rétention administrative dont je ne voudrais pas pour faire garder mon chien.

Il reluque encore sa montre. Il a l'air pressé. D'ailleurs, on frappe à sa porte pour venir le chercher. Tayeb entraîne sa mère dans les couloirs, les escaliers. Comme elle pleure, et qu'elle s'affaisse parfois, il la soutient et l'encourage. Il lui fait observer que pleurer ne sert à rien.

Il parle doucement parce qu'il ne ressent pas vraiment de colère, en tout cas rien qui le ferait vociférer et s'agiter en les traitant tous d'enculés. Ou alors armé d'un fusil à pompe et de quelques grenades, dans le genre desperado palestinien… En incruster le maximum dans les cloisons à la chevrotine, du gros plomb dans les yeux, des grands coups de crosse dans les dents… Ni chomdu, ni embrouilles, il a dit, pour son père. Voilà où ça l'a mené, le respect et la soumission. Merci, m'sieur, y a pas de quoi… Après vous ! Mes papiers ? Bien sûr ! En règle comme il faut, tu peux voir le tampon ! La mosquée ? je sais même pas où elle est, vous voyez comme je suis sage ! Et merci pour le clapier, les salaires de merde, le chômage des fils ! Il pense à tout ça méli-mélo, Tayeb, la conscience affûtée comme un écheveau de barbelés, il se voit cavaler dans la maison poulaga transformée en hôpital libanais, à soigner les rhumes au lance-flammes, façon clip hémoglobine, orchestre et chœurs de la Police nationale… C'est pas de la colère, oh non, c'est de l'imagination sanglante qui lui envahit la pensée comme une armée de pillards et qui fait se mêler les bruits qui les entourent, sa mère et lui, à la bande-son étourdissante.

Heureusement, il a sous ses doigts cette chair lourde et molle qu'il doit ramener à la maison avant de passer aux choses sérieuses. Dès qu'ils sont dehors, tout reflue comme une bande de créatures effrayées par le soleil. Il sent sa gorge sèche, sa poitrine écrasée, la lenteur laborieuse de leurs pas dans la ville qui ne sait rien. Il sent, raide en lui et vibrant en silence, la détermination rouge qui le tient debout et le fera tomber pour de bon.

De retour dans l'appartement, après qu'ils ont récupéré les petites chez la voisine, le silence se jette sur eux. Tayeb sourit quand même aux yeux noirs de ses sœurs.

Boucles sombres et folles des cheveux qui coulent tout autour du visage. On sert de l'orangeade, on laisse tinter les glaçons. La mère ne veut plus pleurer à cause de ses filles. Alors elle tend ses bras et recueille sa progéniture contre ses rondeurs. Tayeb regarde ça comme un passé lointain, puis se lève en annonçant qu'il va faire un tour.

C'est étrangement froid et lourd. Ça jette un éclat glauque à la lueur du Lumogaz. Vu de près, c'est plein de courbes et d'angles doux. Tayeb tourne et retourne le pistolet dont il caresse les rondeurs du bout du doigt. Puis il approche les yeux de l'inscription qui le fascine : SMITH & WESSON MADE IN USA REGISTRADAS MARCAS SPRINGFIELD MASS.

Plus tard Olive pointe ses os et ils décident d'aller voir un film en ville, n'importe quoi qui bouge avec de la baston, et ils prennent le bus désert jusqu'à la place Jean-Jaurès. Ils sont installés au fond, et juste derrière le chauffeur somnole une vieille toute grise. Ils arrivent à la fin des séances précédentes et attendent dans une rue derrière, à la sortie des issues de secours que les premiers spectateurs apparaissent. Là, ils s'infiltrent en expédiant ceux qui protestent contre leur intrusion se faire mettre bien profond, ces bâtards. Ils ne savent pas derrière quelle porte on projette Exterminator Death Soldier, et Tayeb demande à deux filles qui ne savent pas lui répondre parce qu'elles viennent de voir le dernier Angelopoulos. Enfin, ils croisent une flopée de branleurs de douze ou treize ans qui sortent en paradant comme des karatékas, et c'est bien ça. Olive passe devant et commence à courir dans le dédale de couloirs où les veilleuses jettent plus d'ombre que de lumière. Tayeb le suit en lui criant de l'attendre. Et d'un coup, après l'angle que fait une sorte de boyau étroit en béton brut peinturluré de kaki, il entend Olive s'arrêter net, puis l'aperçoit qui recule lentement.

– Qu'est-ce que t'as, putain ?

Olive ne répond pas, mais bientôt pointe la gueule muselée d'un berger allemand tenu en laisse par un vigile. Dans les deux mètres de haut, large comme un buffet. Combinaison noire, rangers, talkie-walkie et matraque à la ceinture. Plutôt jeune, blond, le cheveu ras. Sans rien dire, il décroche son talkie, les yeux rivés sur les deux garçons.

– J'ai deux comiques, là, au 7B. Vous arrivez ? On lui répond que ça va venir, dans deux minutes.

– Vous bougez pas. Mes collègues vont s'occuper de vous.

– Ça va, fait Olive. On va partir bien tranquillement, et c'est tout. On s'excuse.

– Non non, dit le vigile. Les mecs comme vous on les connaît. Vous faites chier les clients qui payent. C'est fini, ça, les conneries.

Il dénoue la muselière du chien qui en profite pour se dégourdir les mâchoires en aboyant comme un perdu.

– Vous bougez pas, ou je le lâche. Je vous préviens, il est pas commode. Tais-toi, Bill.

Le chien gueule de plus belle, il tire fort sur la laisse. Olive adresse un coup d'œil interrogateur à Tayeb, qui est resté un peu en retrait.

– Cherchez pas à me baiser, les mecs, ou ça va chier grave pour vous. Je vous jure que je vous fais bouffer les couilles par mon clebs.

– Comment t'as dit, enculé ? fait Tayeb. Tu veux nous faire bouffer par ton chien ? Tiens, mate un peu ce que je vais te balancer dans ta gueule de con, que t'auras même pas le temps de penser à ta grosse mère.

Tout en parlant, Tayeb a sorti le Smith & Wesson de sous son blouson, et il fait monter une balle dans la chambre.

– Eh, mes couilles ! Tu sais ce que c'est, ça ? Tu le sais ? Je vais te décalquer la tronche sur les murs, moi. T'es au courant que tu vas crever ?

Le vigile avale sa salive péniblement et lorgne le trou du canon qui lui fait de l'œil. Il tire à lui le chien furieux.

– Y a une balle au fond. Elle est pour toi.

Olive écarquille ses yeux à trente centimètres du pistolet. Puis il fixe le visage luisant et pâle de Tayeb.

– Arrête, Tayeb. On se casse. Laisse ce bâtard avec son frangin en laisse. Viens.

Tayeb jette un coup d'œil du côté de son copain.

– Je vais d'abord shooter le clebs, pour lui montrer, à ce con.

Il baisse l'arme vers la tête du berger allemand qui bondit au bout de sa chaîne. On voit bien son doigt se crisper sur la détente, tout se fige dans les quelques millimètres qui séparent le percuteur du cul de la balle.

– T'es branque ! gueule le vigile. Tu vas pas faire ça !

Au même moment, on entend résonner au loin des éclats de voix et un piétinement précipité. Le vigile crie « non ! » au moment où Tayeb fonce sur lui et lui éclate le nez d'un coup de crosse. Le chien saute en arrière et roule au sol avec son maître, puis lui marche dessus en essayant de poursuivre les deux garçons. Ils entrent dans une salle obscure, cavalent au pied de l'écran où se déclenche une fusillade d'armes automatiques. Comme Olive crie des choses à Tayeb, du genre « Où on va putain ? », et que Tayeb lui conseille de suivre et c'est tout, des spectateurs protestent dans le noir contre la violence de l'intrusion.

Ils se retrouvent dans un couloir aux murs tendus de rouge et leurs pas rebondissent souplement sur la moquette. Il n'y a presque personne dans le hall, seulement les caissières qui les regardent passer derrière leur vitre. Dehors, un peu de souffle leur revient. Le bruit de la circulation submerge leur vacarme interne. La nuit couvre leur fuite. La foule les avale.

Plus tard, ils sont seuls à l'arrêt de bus, aux Quinconces, assis sur une bordure de béton. Ils ne disent rien, ils se contentent de regarder la ville allumée devant eux, les colonnes rostrales illuminées, les façades des immeubles. Toute cette vieille pierre orgueilleuse dressée contre eux.

– Merde, fait Olive au bout d'un moment.

– Quoi, merde ?

– Tu l'aurais buté, ce connard !

– Putain oui ! Mais ça fait rien. Je t'ai dit pour mon père ?

Olive secoue la tête. Il murmure quelque chose d'indistinct.

Ils l'ont expulsé. Ce matin. Il est au Maroc, à présent. Sûrement en taule. Ils lui pètent la gueule, et ils le foutent dehors.

Tayeb parle doucement. On le croirait apaisé, ou abattu. On ne peut pas voir ce qui demeure brandi en lui, ce bloc de fer qui bat en même temps que ses artères.

– C'est pour ça. J'ai bien fait de garder des munitions.

22

La première chose que Richard fait en se réveillant, c'est de secouer la fille allongée à côté de lui pour s'assurer qu'elle est bien vivante. Il a un souvenir confus de ce qui s'est passé pendant la nuit, il se rappelle juste qu'à un moment il a voulu entrer dedans tout entier et qu'elle gueulait fort, il ne savait pas vraiment s'il y aurait de la place mais il avait envie d'essayer, faut dire qu'elle lui avait fait fumer un calumet un peu spécial avec de la poudre et des cristaux, et qu'il avait eu la sensation très précise d'être deux, lui et un autre tout pareil, un qui joue et l'autre qui marque les points collés au plafond. Il est donc sûr d'avoir cafouillé, mais il ne sait plus comment, ni jusqu'à quel point.

La nana se réveille en gémissant et le considère d'abord d'un air contrarié, puis avec une terreur qui lui dilate la figure et la fait bondir hors du lit. Elle essaie de lui dire quelque chose mais ça s'enraye dans sa gorge. Sans prendre garde au sang caillé qui lui macule les jambes, elle se rhabille en vitesse et part à la course en claquant la porte derrière elle. Il reste dans le lit, les mains derrière la tête, et l'injurie à voix basse.

Il était pourtant heureux de sortir enfin et de retrouver l'agitation de la ville et de tous ces cons qui se baladent sans souci d'la galette. Suivre sans le vouloir ces petits culs en minijupe, entrevoir à une terrasse leurs nénés libres, imaginer le reste, au bout des jambes croisées quand ça remonte loin… Commençait à saturer un peu, auprès de sa belle au bois dormant, Richard… Il avait comme l'impression de garder une mounaque vachement bien imitée, avec tout ce qu'il faut, mais vachement molle, en fait. Le fantasme, il ne le conçoit, lui, que mis en œuvre sur-le-champ. Alors, hein, les écartèlements fortuits d'une dormeuse, les scénarios hard qu'il se faisait en la paluchant de temps en à autre, il finissait par trouver ça assez pauvre. Pas du genre à déborder dans le virtuel, le tueur.

Et là, toutes ces femmes qui le frôlaient, qui faisaient tricoter par leurs cuisses bronzées des devinettes chaudes en forme d'abricot, elles étaient toutes à lui, y avait qu'à poser la bonne question, ou la main, c'était à portée…

Il a déambulé au bord de l'hallucination dans le champ du possible, il reviendrait plus tard dans le conte de fées.

Il a bouffé un bout de viande saignante dans son troquet préféré, où le serveur lui a confirmé l'heure du rendez-vous avec un Roumain qui reprenait tout le stock à bon prix. Le lendemain à dix heures. François avait donné son accord, de toute façon c'était ça ou rien, il fallait voir. Pendant trois secondes, Richard s'est demandé s'il ne fallait pas se méfier, puis il a décidé de profiter tranquillement de son premier vrai repas depuis huit jours. Plus tard dans la soirée, après un poker avec des habitués, il a reluqué une paumée potable, ni toxico ni maquée, le genre dans la dèche qui arrondit les trente derniers jours du mois en michetonnant à l'occase, un peu barge, prête à tout pour gagner mille balles en une nuit. Richard a trouvé que c'était un tarif raisonnable et il l'a embarquée jusqu'à un hôtel pourri situé derrière le cours Pasteur où elle avait ses habitudes.

Il l'a suivie dans l'escalier, la flamme au chalumeau, puis ils sont entrés dans la piaule aux murs tachés d'humidité, pas grave, il se sentait capable de décoller le papier peint rien qu'à la chaleur de son engin. La fille s'est dépiautée, puis s'est couchée illico sur le grabat en le provoquant du ciseau de ses cuisses. De ça il se rappelle bien, la fourrure qui bougeait doucement, lui qui se jette là-dessus, là-dedans, puis en trois coups de râble la perte d'enthousiasme. La mollesse qui prend, une langueur invincible, les doigts impatients et pointus de la fille qui s'enfoncent dans son dos pour l'encourager, à coups d'invitations obscènes. Et surtout sa gueule, quand il se met à la regarder. Les yeux cernés, brillants, écarquillés, la bouche crispée. Le masque de la fatigue pour un carnaval triste. Popaul dans la déprime. Le cigare le jour des Cendres.

Et l'image de Mila qui s'est couchée entre eux. Plus rien n'était possible. Même en maniant à la rude son mandrin de guimauve. Même devant les tentations béantes que la fille lui offrait. Vas-y. Passe par-derrière, si t'aimes, on te verra pas sortir. Queue dalle. Chiffon. La fille a proposé alors de s'en fumer un, pour se détendre, ou se tendre, enfin quoi, un pétard dosé en mégatonnes, une chimie qu'on lui vend quand ça va pas fort dans sa vie de merde. Elle lui a expliqué ça en préparant le cocktail de poudre et d'herbes, et lui, planquant sous les draps son chinois assoupi, se demandait comment mettre fin à ce désastre flasque. Quand elle a eu fini ses mélanges, elle a allumé la mèche et lui a tendu un mince cornet de papier qui se consumait en pétillant. Il a tiré là-dessus comme si c'était de l'herbe à bison, et à la deuxième bouffée, il a commencé à se voir en noir et blanc et de loin allongé sur le lit, bras en croix, avec la fille qui lui jouait du saxo. Après, black-out. Jazz-band. Dizzie Epilepsie et son orchestre.

Alors bien sûr, quand il ouvre les volets, tout ce soleil lui broie les yeux et dans sa calebasse on reprend les essais souterrains. Il se précipite sous le robinet du lavabo, manque s'éborgner, reste là à tremper dans l'eau qui tiédit vite. Après il nettoie vigoureusement son outil avec un vieux bout de savon qui traîne là, mais comme le faux frère est douloureux, il le range avec douceur.

Le rencard est à dix heures. Richard a le temps d'aller prendre un petit-déj' en terrasse place de la Victoire. Le vacarme et la puanteur des bagnoles submergent tout, mais il n'y prête pas attention. Il ne peut pas causer bizness le ventre vide. Avec l'argent, chacun tracera sa route. Lui, il prendra la gosse sous le bras et il l'habituera au bonheur, loin d'ici. Il connaît une plage près de Cadix où un pote lui prêtera pour la saison un petit cabanon à cinquante mètres de la mer.

Le troquet est fermé à cette heure-ci. Richard frappe à la vitre, le loufiat vient lui ouvrir, souriant et pâle, prévenant comme une carpette. Au fond de la salle, près d'un flipper, il aperçoit Manu et François attablés devant des croissants.

– Il est pas là ?

– Non, répond François en mâchouillant. Il a téléphoné qu'il serait à la bourre, à cause du camion. Il paraît qu'il prend tout, et qu'il paie cash.

– Comme pour la gamine, fait Manu.

Richard agite sa main devant sa figure comme pour chasser les parasites qui lui brouillent l'écoute.

– Quoi la gamine ?

Manu baisse la tête, l'air contrit. Il s'est trompé quelque part.

– Merde, se décide François. On l'a refilée à M. Philippe. Soixante-dix mille. Et basta ! On n'allait pas l'adopter, non ? Si on l'avait relâchée, elle nous aurait balancés aux flics. On était pris aux couilles, de toute façon. T'es pas d'accord, maintenant que c'est fait ?

Richard les regarde tour à tour, pendant que son cerveau migraineux est partagé entre perplexité et pulsion meurtrière.

– Vous avez pas pu faire ça. La vendre.

Il dit ça sans conviction. Son regard se met soudain à flotter. Ça y est, il ne voit plus vraiment les choses ni les êtres. On dirait qu'il regarde en dedans, ou très, très loin, comme dans un désert, à la recherche d'une oasis, ou saisi par un mirage.

– Qu'est-ce qu'il veut, ce con ? demande Manu tout à coup. Il voit pas que c'est fermé ? C'est pas lui, non ?

Le loufiat secoue la tête en revenant derrière son comptoir.

– Ça fait trois fois qu'il passe, avec sa sale gueule.

– Des flics, fait François d'une voix sourde. Il se lève et sort un pistolet.

– Tu nous as baisés, dit-il au serveur. Viens ici.

L'autre tombe à genoux au pied des fûts de bière.

Il pleure.

– C'est eux qui m'ont obligé, il gémit.

François passe derrière le bar. Juste sous le zinc, il trouve, accroché à des clous, un calibre 12 à pompe.

Richard s'est tassé au coin de la baie vitrée. Il tient lui aussi son gros pistolet espagnol. Puis il sursaute.

– Putain ! Y'en a plein la rue !

Ni une ni deux. Trois bastos à travers la vitre. Il recule vers le fond de la salle en renversant des tables. Il se jette à plat ventre, et nettoie l'encadrement de la vitre au parabellum. Le rideau se déchire de toutes ses fleurs convulsives. Derrière le bar, François appuie le canon du fusil sur la gueule du serveur, et presse la détente. Le haut du type est projeté en arrière cependant que le bas hésite à suivre. Finalement, la tête s'arrache confusément et met tout le monde d'accord. Juste un peu de silence parcouru de bruits mouillés, d'écoulements glaireux, d'ultimes sécrétions. Puis l'air se met à aboyer, sautillant de plâtre et de verre. Les flics refont la déco façon pointilliste. Des rafales court-jus éclatent les ampoules et font sauter du plomb, habillent l'ombre d'étincelles bleues. Ça disjoncte chez les pistoleros. « Enculés ! » hurle Manu qui a mis du temps à réagir. Il a saisi le flingue que lui lançait François et le voilà qui charge vers le soleil du dehors, bras tendu, en arrosant la rue où l'on distingue des silhouettes qui sautent partout comme des grenouilles. Mais au moment de franchir le seuil massacré, il s'arrête net, se plie, pousse un cri de chat en rut, saute en l'air et recule de deux mètres. Il bascule par-dessus une table et s'affale par terre en se tordant. Il tient à deux mains son bide troué à la bastos ultra-lourde, il refuse de laisser partir sa tripaille en charpie, et il gueule, il appelle maman, il dit qu'il a mal, et c'est sincère. Non loin de lui, à quatre pattes, chien approximatif, François lui dit que ça va aller, le menteur. Et comme il aperçoit une silhouette qui se dresse entre deux voitures (c'est bien des voitures, non ? pas des blindés ?), il envoie une cartouche de chevrotine faire le ménage et on entend des plaintes, et le feu redouble.

Poussière. Rayons de soleil déchirés. Ça râpe et ça bourdonne. Les dum-dum font ripaille. Derrière le comptoir ajouré d'éclats fantaisistes ça sent le pastis, à la nôtre, casse pas le bol. Les liquides se mêlent aux breuvages. Le cocktail qui tue. La mixture Molotov ;

la vraie, celle qui met le feu à la plaine. Qui transforme la banquise en vulgaires glaçons, et les phoques en amuse-gueule. Bloody Mary au jus d'homme, servi tiède. Trente-sept degrés exactement. Sous Manu, qui dit plus rien et ferme les yeux à chaque impact, c'est-à-dire tout le temps, ça coule et ça méandre avec une lenteur fatale. L'inexorable a une couleur. Rouge-sale.

« Merde », crie François à la balle qui vient faire un peu de rangement parmi les os de son pied droit. « Putain », dit-il en voyant qu'elle veut en jeter la moitié. Tout en rampant vers le flipper, il canarde au jugé, et ne parvient qu'à tuer un cercle de néon. Il secoue sa jambe pour tâcher, vaine démarche, de se défaire de cette bonniche brûlante qui lui a transformé le pied en éventail troué, et il essaie de faire l'appel de ses orteils bloqués au fond de la chaussure qui serre, qui fait ce qu'elle peut pour éviter le déploiement déchiqueté de ce farniente d'enfer. Il s'effondre sous le flipper, projeté contre le mur par une sorte de coup de poing qu'il reçoit dans le foie, et il ne sent plus contre sa joue que le carrelage froid et voit dans le flou les motifs réguliers qui inventent une géométrie d'épouvante. Une ombre gigantesque se dresse au-dessus de lui, il pense à son père, allez savoir pourquoi, et il largue une cartouche au hasard qui fait si mal les choses, le voilà vengé.

Richard ne bouge plus. Tête dans les épaules. Il a récupéré les armes des copains, et se blottit au pied du comptoir, derrière une table fendue en deux. Il regarde clamser les deux autres, puis jette un coup d'œil au plafond, labouré au calibre maousse, où fuse une cathédrale de trajectoires, la nef des fous, la balistique Saint-Pierre. Dans sa tête un signal s'allume, il se dresse, clé de voûte incendiaire, ramasse le calibre 12 et actionne la pompe, éjection, la douille rebondit au sol mais le fusil est vide,

Richard branle l'acier pour rien et finalement balance l'arme dans une étagère à bibine qui finit de s'effondrer.

Retraite. La porte du fond. Un long couloir obscur et frais, encombré de casiers à bouteilles. Il porte le flingue espagnol à bout de bras et balaye du geste l'espace d'une petite cour grise où jamais le soleil ne vient. Des pigeons roucoulent. S'envolent. Il les braque à l'estime, et s'étonne du carré de ciel bleu qui le domine. Trois portes. Il en guigne une, s'avance, elle s'ouvre sur un flic casqué, visière rabattue, qui porte un rafaleur compact. Richard allume le guignol juste au-dessus du col montant de son blouson de combat, et lui fait rendre gorge. Débit écarlate. Le mec recule en s'étranglant pour colmater la fuite, et s'abat les quatre fers en l'air dans un vélo appuyé contre un mur. Richard fonce vers lui, l'enjambe, récupère son arme. Il s'empêtre un instant avec son attirail. Un pistolet à la ceinture, un autre dans la veste, le rafaleur en pogne. Soudain, autour de lui, contre les murs, ça recommence à voler en tous sens. Le crépi noirâtre est rénové vite fait, le plâtre n'était pas loin. On voit sur le mur de gros yeux blancs qui s'écarquillent. Ça vient de sa droite. Une porte branlante s'ouvre à la volée. Il arrose. Rafale courte. Le panneau de la lourde se transforme en collection de bûchettes. Il se rue dans un escalier, merde, il faut bien faire quelque chose. C'est sombre, les vieux immeubles. Pas le temps de chercher l'interrupteur. Il monte vers un puits de jour pâlot, l'odeur de poudre le poursuit jusqu'ici. Sur le palier du deuxième étage, une femme, large et pastel, sort de chez elle en robe de chambre. Elle appelle au secours d'une voix de diva amplifiée par la cage d'escalier. Richard pointe son arme vers elle. Ferme ta gueule, t'auras chaud aux dents. Il grimpe jusqu'à l'affolée, lui colle un pain et la balance dans l'escalier. Roule,

roule sur les marches la téméraire femelle : tête, cul, bras, cuisses et nichons rebondissent dans le désordre, tiercé bouffon. Richard entre dans l'appartement en bousculant portes et meubles et va jeter un coup d'œil par la fenêtre de la salle de séjour qui donne sur une petite rue apparemment déserte, méfiance, méfiance, tous les circuits du tueur ont sauté mais subsistent les branchements de sécurité reliés directement au cerveau reptilien, celui de la survie et de la prédation. C'est probablement une des alarmes qui lui signale dans la pièce une présence humaine. Il pivote, les yeux greffés sur le cran de mire. À l'autre bout, il aperçoit une masse grise affaissée que surmonte la tache claire d'un visage. « Bouge pas ! » halète-t-il. De fait, rien ne bouge. C'est un vieil homme au regard creux qui le fixe bouche ouverte comme un trou sur des gencives sans dents. Ses mains sont accrochées faiblement aux bras d'un fauteuil roulant.

Il regarde le pantin surarmé qui le braque et ses yeux luisent dans cette pénombre du matin et ils ne bougent pas, ils semblent ne rien vouloir dire qu'une vague stupeur sans écho mental. Richard baisse son arme, il jure à voix basse, putain, merde, qu'est-ce que c'est. À côté du fauteuil est posé un seau d'aisance de plastique jaune, et plus loin, sur une table aux pieds chromés, comme on en voit dans les chambres d'hôpital, s'entassent des fioles de médicaments, une bouteille d'eau de Cologne.

Et Richard s'excuse. Il lisse par réflexe le rideau qu'il a soulevé en arrivant. « Je savais pas », il dit. Il quitte la pièce, sort sur le palier, va voir où en est la femme qu'il a balancée dans l'escalier. Elle remonte péniblement en se frottant les reins, et quand elle le voit, elle s'arrête net et se laisse glisser sur les marches. « C'est rien, c'est fini. Je lui ai rien fait. Je m'en vais. »

Il monte au dernier étage et avise une trappe vitrée dont il fait sauter la fermeture d'une balle. En montant sur la rampe, il se hisse au niveau du toit. Le soleil le frappe durement d'une clarté aveuglante. La chaleur est déjà sur les tuiles, il en distingue au ras du faîte la vibration luisante.

Il marche doucement là-dessus accompagné d'un petit bruit de castagnettes, il saute sur le toit voisin, grimpe sur le suivant. Droit devant, au loin, se dresse la flèche Pey-Berland. Il marche doucement sur le dos de la ville.

Il ne regarde rien, n'admire rien, déplore les pentes, redoute de glisser. Au bout d'une centaine de mètres, il rencontre un vasistas et le brise à coups de crosse. Il saute et prend pied sur un palier cerné de portes condamnées, entreprend de descendre un escalier où la nuit s'éternise. Il épie le silence en passant devant des appartements aux portes mal ajustées. Il ôte la sécurité de son pistolet et le laisse passer devant. Le premier qui se pointe, je le tue.

23

Ça a merdé. Et vilainement. Quatre morts, trois blessés. Voilà pour le bilan chiffré. L'équipe de Munier, de la Brigade criminelle, s'est fait allumer sans avoir rien tenté. Les types du gang ont juste repéré un collègue qui venait en reconnaissance, et ils ont ouvert le feu tout de suite. La fusillade a duré quoi ? cinq ou six minutes, mais nourrie, comme on dit. On était dans une voiture à une cinquantaine de mètres avec Cazeaux et le stagiaire, on attendait le feu vert pour intervenir en masse, mais en douceur, enfin quoi, sans flinguer à tout va. On était une vingtaine sur le coup, on avait reçu des renforts d'un peu tous les services, et Etchart s'était même débrouillé pour qu'une équipe du GIPN soit présente en couverture parce qu'on avait peur d'une prise d'otage, ou d'une fuite en pleine ville, c'était le risque à courir, puisque ce cher commissaire avait choisi de tenter un gros coup en les interpellant tous les trois ensembles. On avait astucieusement disposé des tuniques bleues dans tout le quartier pour boucler le dispositif. Le préfet nous avait même refilé un effectif de cinquante CRS. Tout ça pour ça. Plan vigipatate, ça va s'appeler, dans les archives et les mémoires.

J'entre dans le bar dès que ça cesse de canarder, et je me retrouve dans un décor de guerre. Chouette bar bosniaque après une orgie serbe arrosée à la kalachnikov. Des gravats plein le sol, de la poussière en suspension dans l'air comme si on venait de poncer les plâtres, des éclats de verre partout, et cette odeur de cordite et d'alcool qui évoque un massacre perpétré par d'invétérés poivrots. Bref. Un petit résumé du pire dont sont capables les hommes. Attesté par les deux macchabées recroquevillés sur leurs dernières coliques, les mains crispées sur le ventre. Cazeaux m'appelle derrière le bar. Il est tout pâle. Je crois sur le moment qu'il déplore le gâchis d'apéros et de liqueurs d'hommes dont les bouteilles ont presque toutes morflé. Je m'approche, histoire de faire quelque chose parce que pour le moment je ne sais pas par quel bout appréhender la situation. Et là, pendant trois ou quatre secondes, je ne comprends pas ce que je regarde. Ou du moins, je présume qu'une partie de mon cerveau a très bien saisi le spectacle, mais qu'une autre s'interdit d'analyser, ni d'envoyer le moindre message. Black-out. Il y a un corps affalé au bout du comptoir, sous un distributeur de cacahuètes. Du sang plein la chemise. Les jambes écartées, avec cette indécence si commune aux morts violentes. Et, j'ignore si c'est à cause de l'obscurité, mais je ne vois pas la tête. Je n'ai pas trop envie d'y croire. Je n'ai vu ça qu'au ciné, ou à la télé. Je saisis le bras de Cazeaux. « Quoi ? » il me demande. Au-dessus, sur une petite étagère où sont encore posés des verres en réserve sur un torchon, il y a une boule informe, sanglante, mélange écœurant de cheveux, de bouts d'os, et de cervelle. J'ai à peine le temps de reconnaître le vague dessin d'un visage, façon Francis Bacon ultrabranque, que je dégueule d'un trait dans les liquides qui souillent le sol. Je vois les pieds de Cazeaux qui se retirent prestement de la zone humide, et je l'entends jurer sourdement, rapport sans doute à la sauvegarde de son cuir pleine peau de vache en fleur, je sais plus comment on dit et je m'en tape.

– Qu'est-ce qu'elle a ? demande-t-on dans mon dos, où ça s'agite pas mal.

– On a retrouvé notre contact, commente Cazeaux sobrement.

On s'approche. Des pas crissent dans le verre et les gravats.

– Oh ! putain ! dit quelqu'un.

– Chevrotine, explique un expert. Le fusil est là-haut, dans les étagères à bouteilles. Touchez à rien, on va ramasser les douilles.

Je suis toujours courbée au-dessus de mon vomi, les yeux entrouverts, brouillés de larmes. Je ne sais plus où regarder, car je m'aperçois qu'il y a du sang partout, en gouttes, giclures, flaques. Une masse blanche s'impose dans mon champ de vision.

– Tiens, essuie-toi, me dit Cazeaux. On va se tirer d'ici, on n'a plus rien à foutre dans cette boucherie.

Je prends le mouchoir qu'il me tend. Ça sent la lavande. Alléluia. La vie. Il existe donc autre chose que ce cloaque. J'ai des visions bleues de montagnes du Vaucluse. Un petit coin au-dessus d'Apt que je connais et que j'aime. J'y allais quand j'étais petite. Des toits de tuiles au soleil. Je me redresse. J'ai la sensation d'avoir dans la bouche le goût de toute la merde du monde, mais ça va quand même. Le troquet grouille d'équipes qui se marchent dessus. Des pompiers demandent s'il y a des blessés à évacuer. Un collègue les envoie chier avec ironie. Un autre les prie d'attendre un peu qu'on ait fait les photos et tracé les positions. Comme on sort, les gens du labo et l'IJ débarquent et commencent à gueuler qu'on dégage pour qu'ils puissent faire leur boulot.

– Cassez-vous, putain ! aboie Reyes, leur chef. Vous nous piétinez le gagne-pain ! Virez vos chaussures à clous, bordel !

Tout le monde sort, à part Etchart, qui tire une gueule de dix mètres, et l'officier du GIPN qui communique à voix basse avec son groupe par le truchement d'une HF fixée à son treillis.

Une demi-heure plus tard, on a pris place dans un fourgon qui sert de PC de transmissions. Etchart et l'officier nous ont rejoints, renfrognés. Personne ne dit grand-chose. On écoute les émissions radio des patrouilles qui cherchent le dernier fuyard, armé comme un croiseur. Deux pistolets automatiques, un rafaleur Uzi. Rien à signaler. Il s'est barré par les toits, et s'est évaporé dans une rue qui aurait dû être surveillée… On ne sait pas à quoi il ressemble ni comment il s'appelle. Parmi les deux complices morts, on sait qu'on a François Mercurios, le Toulonnais. Quant à l'autre, on devrait être fixé dans la journée, s'il est fiché. Sinon, il faudra attendre que la famille réclame le corps, s'il a une famille.

– C'est un féroce, votre mec, commente le chef du GIPN d'une voix éteinte. Pour flinguer un de mes meilleurs gars, faut qu'il soit cador.

J'apprends que le gars en question s'appelait Sébastien Borce et qu'il avait vingt-cinq ans. Etchart, pour ne pas être en reste sur le plan du prix payé, évoque la personne de l'inspecteur Gravier, abattu d'une balle en pleine tête, âgé de trente-trois ans, marié, père de deux petites filles. La presse va beaucoup aimer ça. Émotion à la Une. Ce soir à la télé, ces cons vont nous montrer une photo d'identité floue ou ancienne sur laquelle même ses copains ne le reconnaîtront pas. Comme le silence se fait aussi lourd que si on attendait la sonnerie aux morts, je demande l'autorisation de rentrer au bureau me poser un peu parce que je ne me sens pas très bien. Etchart me congédie mollement d'un geste de la main. Mais au moment où je vais descendre du camion, un appel signale qu'un automobiliste s'est fait braquer cours d'Albret, à un feu rouge, et qu'un dingue lui a piqué sa Peugeot 406 en tirant un coup de feu en l'air. Il aurait pris la direction de la rue Judaïque. Bon. Je me rassieds, le cœur dans l'estomac qui bat comme si j'avais avalé un lapin vivant. Quand c'est fini, à Saint-Nini, ça recommence.

24

Bientôt, c'est la ville et tous ces gens qui bougent sans cesse. Il aurait aimé, Richard, que tout s'arrête, pour courir dans un silence de statues en bousculant des guignols figés.

Laissez passer la mort et son regard violent !

En flinguer quelques-uns. Les voir s'effondrer dans les vitrines aux pieds des mannequins angoissants aux yeux vides qui le regardent ahaner sur la géométrie grossière de la rue piétonne. Qu'est-ce que je fous ici ? Il est rue Sainte-Catherine, il court toujours, il ne manque pas d'air à cavaler de la sorte, taché de sang, de plâtre, de vin cuit. Il a vaguement planqué ses armes dans sa ceinture, sous sa veste, mais leur contact lui fait mal, leurs angles lui mâchent le dos, le bide, les burnes, que le canon de l'Uzi vient parfois renifler durement de son blair cylindrique, et puis les crosses dépassent de tous côtés, on voit bien de quoi il retourne dès que son veston montre son revers.

Si bien que devant la bijouterie Privys un gros mec a vu tout l'attirail de guerre et se campe sur la trajectoire du branque, bras écartés, jambes ployées à demi, comme il a vu faire au rugby. Impact ! Richard s'enfonce du pied dans l'estomac du citoyen modèle qui part valser avec deux passantes. Polka, plutôt ! Un container à ordures invite le trio, on s'emmêle un peu les quilles, comme au bowling porno, le capot vert de la poubelle bâille largement, c'est pas des façons avec les dames ! Mauvaise haleine, humeur massacrante ! Cris et vacarme creux. Le gros à quatre pattes patauge dans l'entre-deux des pauvres femmes. Une culotte pâlit, un sac à main se vide.

Richard laisse rouler les bâtons de rouge à lèvres. Étouffé, ébloui de spots et d'arcs tendus de néons, il est happé par l'air conditionné d'un grand magasin, sans choisir, où des consommatrices horrifiées le voient foncer entre les présentoirs de parfums dans un brouhaha cristallin de fioles qui rebondissent, de senteurs délicates qui fusent à sa poursuite, cependant que de toutes parts se déclenchent les alarmes humaines : les vendeuses fardées comme des starlettes fonctionnent du gosier, cordes vocales en automatique, à plein régime.

Les collections d'été lui font des barrages chatoyants toujours recommencés, tailleurs sorciers, chemisiers maléfiques, maillots de bain mortels même à des doses infinitésimales. Magie de fleurs vénéneuses imprimées à Macao. Parano soldée. Hallucination grand teint. Richard se cogne obstinément aux meubles de cet univers maudit qui ignore la ligne droite. Flingue en main, flâneur speedé, il se perd dans le chiffon promotionnel, se noie dans les chemises de nuit, submergé de dentelle industrielle, suffocant sous des tonnes d'élégance bâclée. Il presse des corps affaissés accrochés aux cintres. Il se méfie des grandes poupées sapées qui lui sourient comme des Joconde en toc.

Soudain, la rue, encore. Étroite, bordée de maisons de pierre noirâtre. Appuyé à une porte vernie, il sait à peine où il se trouve. Une voiture de flics corne un peu plus loin. Il repart en s'efforçant de marcher. L'ombre le rassure.

Il maintient à l'abri ses armes, et s'oriente à nouveau. Tout est calme, c'est comme si je me promenais, se rassure-t-il. J'ai bien le droit.

Il joue les touristes en longeant la cathédrale. Des chauffeurs de taxi bavardent en tête de station, devant la mairie, et il sent leurs regards le suivre un moment derrière leurs lunettes noires. Un fourgon de police ralentit à sa hauteur. Les képis se tournent vers lui. Il évalue rapide combien il lui reste de balles dans les chargeurs. Il songe qu'une grenade serait pratique. Les flics apostrophent un des taxis, et s'ensuit une conversation amicale, plutôt gaie.

Sur le cours d'Albret, il attend au feu, l'esprit vide.

À deux cents mètres, sur sa gauche, on voit la masse austère du Palais de Justice. Il y pense soudain, reluque le bâtiment de malheur. Feu rouge. Les bagnoles à l'arrêt surchauffent déjà. Tout près, attend une Peugeot toute neuve, et dans l'éblouissement que lui envoie la carrosserie impeccable, il croise le regard perplexe du conducteur qui le dévisage.

Il saisit l'automatique espagnol, fait grimper une balle dans le canon, et se précipite à la portière, côté passager.

– Dégage !

Le type proteste. Il affirme que c'est sa voiture. Richard lui colle le canon dans l'œil, c'est très douloureux vu la vivacité du geste.

– C'est la voiture à celui qui la prend ! glapit obscurément le tueur.

Le gars décarre sur le bitume au moment où le feu passe au vert. Il est assis, main sur l'œil, le cul sur la ligne blanche. Richard pousse un cri et se débarrasse de la balle qui bouchait le canon en trouant la couche d'ozone.

Pendant un quart d'heure, Richard parvient à tolérer qu'on vive autour de lui dans la confusion du trafic, grâce à la climatisation et aux vitres teintées. Bonne caisse. Il envisage de la garder. Il se dit même qu'il est mieux là-dedans qu'à l'extérieur. Protégé. Seul.

La barbaque au frais. Il roule tranquillement jusqu'à Caudéran, tourne un peu en rond dans des petites rues verdoyantes et vides. Trouve la bonne adresse. Il range la voiture un peu plus loin, descend et ferme à clé, on ne sait jamais. Quand il parvient devant le portail de fer gris, il n'hésite pas. Il l'escalade prestement, puis trotte à l'ombre des chênes vers la maison. Il n'est jamais venu, mais il ne prend pas le temps de s'émerveiller sur l'étendue du parc, ni sur la vigueur des massifs de rosiers. Il gravit la volée de marches qui mène à la terrasse, ouvre doucement une porte-fenêtre. Respiration bloquée. Il prend l'Uzi parce qu'il n'a ni le temps ni l'envie de faire du détail. Un peu de musique flotte dans le vaste salon décoré de noir et de blanc. Il traverse la pièce en crabe, la guibole souple, le mollet en alerte. Nijinski enragé. Il avance lentement, sans suivre le tempo.

Il pousse une porte qui grince. On entend mieux. Une sorte de mambo cubain. Beaucoup de percussions. C'est assez langoureux. Tropical pour être honnête. Il traverse un corridor vide de tout meuble, occupé seulement par une grosse plante caoutchouc. Il perçoit maintenant une voix. Non, plusieurs. Un homme, une femme. Au moins. C'est derrière cette porte bleue, vers laquelle il fait mouvement à pas glissés. Le loquet résiste un peu.

Hollywood. Des spots. Une caméra. Un mec assis dans un fauteuil de metteur en scène, devant un écran vidéo.

Au milieu de la pièce, un immense lit couvert de draps satinés bleu nuit et de deux filles nues dont l'une agace l'entrejambe de l'autre avec sa bouche. L'autre, c'est Mila. Richard reconnaît le teint de la peau, le délié des cuisses. Il se demande s'il doit d'abord flinguer la caméra ou le type assis. Mais quelque chose bouge dans un coin de son champ de vision. Un autre homme. Large et haut. Il tient à la main un fusil de chasse à canons superposés. Il ne dit rien, comme s'il fallait régler un différend d'ordre privé sans déranger l'artiste au travail. Il s'avance vers Richard, son arme bien en main.

Deux balles. Ça fait un boucan du diable, mais c'est drôlement efficace. Une dans le ventre, l'autre dans la poitrine. Le gorille recule vivement, et heurte derrière lui le mur, dans son élan. Il s'effondre par terre, où il ne bouge plus guère. Bien sûr, l'émoi est à son comble sur le plateau. La brouteuse, une brune très peinte, s'est mise à couiner, cependant que l'artiste, M. Philippe, bondit de son fauteuil et fournit un effort mental visible pour analyser la situation. Richard marche vers lui, le renverse d'un coup de pied dans les valseuses, et se dirige vers le lit où gît Mila écartelée. La gamine remue mollement. S'étire, comme si son réveil venait de sonner. Le tueur jette sur sa nudité un drap pudique.

– Ses fringues, dit-il à la brune qui gémit et râle tout à la fois. Où sont ses fringues ?

Lucienne se précipite dans un recoin de la pièce et rapplique avec un tas de vêtements.

– Habille-la, ordonne Richard.

Pendant qu'elle s'affaire, il s'approche de M. Philippe. Il ne sait pas bien ce qu'il va faire. L'autre se met à genoux.

– Pitié ! s'exclame-t-il assez piteusement.

Pitié. Richard laisse le mot cheminer dans ses circuits auxiliaires. C'est comme dans les films. Il secoue la tête, il veut que ça décante vite, tant cette histoire semble peu vraie. Cinoche ? Ah ! non. Le gorille, environné de sang, essaie de se redresser sur les coudes.

– Prends la fille, elle est à toi, implore M. Philippe. Laisse-nous.

Richard est vraiment indécis, et s'en trouve agacé. Il tourne la tête vers le lit, où l'opération d'habillage est presque terminée. Il ressent une grosse émotion en voyant l'espèce de maquerelle enfiler à Mila une culotte blanche. Il revient au vidéaste, considère sa posture soumise, perçoit dans un brouillard sonore le son de sa voix, puis lui décoche un coup de pied à la face. L'homme saute en l'air sans un cri, et retombe sur le dos. Richard frappe encore de la pointe de sa chaussure la gueule du blessé. Il espère la voir éclater assez vite comme un melon, sentir céder cette boule qui grimace. Mais quelque chose se prend dans ses jambes. Des bras. Ça l'étonne. Il trouve la situation irréelle, puis s'aperçoit que c'est la femme qui l'entrave. Elle est nue. Il ne veut pas lui taper dessus. À jeun, ça le gène. Mais elle est sur le point de le déséquilibrer, alors il cogne sèchement sur l'oreille qui se présente à lui avec le canon de l'Uzi.

Plus tard, il se retrouve sur les quais en train de rouler à quatre-vingt, et il ne se rappelle plus ce qui s'est produit. Mila est allongée à l'arrière, alors tout va bien. Elle ouvre un peu les yeux. Elle lui dit d'une voix pâteuse que c'est toujours tout droit.

– Je sais, répond-il.

Ils arrivent assez vite au pont tournant, puis à Bacalan, qui commence juste après. Quand il aperçoit la Cité lumineuse, Richard dit qu'il trouve ça haut, mais que ça ira. Il gare la voiture à l'écart, à côté de la bibliothèque, sous des platanes. Il demande à Mila si elle peut marcher.

– Oui, ça va mieux, murmure-t-elle.

Elle se frotte les yeux. Son visage se colore un peu.

– Qu'est-ce qui s'est passé, chez ces gens ? Qu'est-ce qu'ils m'ont fait ?

– Je te dirai après. On se cache d'abord là où tu m'as dit, chez tes copains.

– Et ma mère ?

– Après. Je te protège. Faut attendre que ça se calme.

Ils descendent de voiture. Mila flageole un peu, mais elle avance. Ils passent derrière une série de blocs. « Chez les vieux », précise Mila. La cité vient vers eux lentement, comme un mur qui menace de s'abattre. Béton aveugle. Vertigineux. Richard guette tout autour de lui. Rien que du vide, des pelouses où sautillent des moineaux, un terrain de sport grillagé, la Garonne derrière un rideau d'arbres et de roseaux. Même pas un bateau, une barque. Pas un chien errant. Peut-être la silhouette d'un vieux, là-bas sous les platanes, et encore il n'est pas sûr que ce soit un vieux. C'est voûté et ça marche pour tenir debout.

Richard se sent apaisé : l'idée qu'il se faisait du bout du monde s'étend autour de lui. Ils ne le trouveront pas ici. Il en est persuadé. Une grande sérénité lui embrume l'esprit. Après, se dit-il, ce sera fini. Après quoi ?

25

Olive est à la poursuite d'un bruit de pas qu'il a repéré juste au-dessous de son estomac et qui s'est éloigné en vitesse quand il a voulu savoir où il allait. Il l'entend encore résonner faiblement dans les profondeurs, et il promène le tympan du stéthoscope du côté du foie, jusqu'à son flanc, pour ne pas le perdre. C'est un pas lourd et régulier, celui d'un homme corpulent et déterminé qui se rendrait à un rendez-vous, ou suivrait un but précis dont dépendrait sa vie. Par moments, Olive parvient à imaginer la silhouette glissant dans une ruelle humide et tortueuse aux maisons arrondies séparées entre elles par des replis noirs, puis elle s'évanouit au détour d'une zone d'ombre. Nul silence, autour de ce pas solitaire. Une rumeur de chocs assourdis, d'écoulements soudains, de grognements qui pourraient faire redouter la présence de créatures dangereuses, anime l'obscurité qu'il écoute. Et toujours ce rythme binaire dont l'écho têtu résonne partout.

Le bruit de pas s'est perdu. L'image que le garçon s'était faite se disloque. Il ouvre les yeux. Il suit au plafond le parcours capricieux d'une fissure. Il est allongé sous la fenêtre, la tête calée contre un coussin qu'il a tiré là pour laisser Tayeb dormir. Il a entrouvert les volets pour que l'odeur d'éther se dissipe. Il se lève, les écouteurs encore fichés dans les oreilles. Il contemple son copain vautré sur le ventre, enfoncé dans la mollesse du grabat. Sa main droite est glissée sous l'oreiller. Olive sait qu'elle est crispée sur le flingue. Tayeb répète depuis quatre jours qu'il veut tuer quelqu'un. Il ne sait pas qui, mais de préférence un flic. Plusieurs flics, même, si on lui en laisse le temps. Il le fera sûrement. Olive essaie de réfléchir à ça, de se concentrer sur le scénario, ses développements, son dénouement. Et pour le moment, l'ensemble lui paraît confus et redoutable. Il sait seulement que ça va finir mal. Il déteste les histoires où le héros meurt à la fin. Il trouve qu'au moins dans les films ou dans les bouquins on pourrait donner leur chance aux guignols qui s'agitent tout du long.

Olive regarde l'heure à sa montre. Quinze heures dix-huit. Il laisse filer les secondes vers leur prochaine étape. Dehors, la chaleur soulève du fleuve une haleine lourde. Olive jette un coup d'œil par l'entrebâillement du volet : le ciel a la teinte d'un acier bleui par le feu. La Garonne n'est qu'un ruban d'un brun douteux. Aperçu au travers de cette meurtrière, le décor est encore plus décourageant.

Au moment où il s'approche de Tayeb pour essayer de le réveiller, un fracas du côté de la porte d'entrée l'arrache du sol. La plaque d'acier. Un juron qui résonne sur le palier. Olive croit à un tremblement de terre, se dit qu'à ce quinzième étage ça va twister pas mal. Puis aussitôt, un gus hagard, grand et large, un gros pistolet à la main, surgit dans la pénombre.

– Ta gueule, bouge pas, fait immédiatement le nouveau venu.

Olive ne bouge pas. N'a pas l'intention de le faire. Mais Tayeb, que l'autre n'avait pas distingué, se retourne sur le matelas. Le canon de l'arme se pointe sur lui.

– Qui c'est ça ? demande Richard.

Olive est sur le point de répondre, quand Mila arrive en titubant. Illumination. Feu d'artifice. Il a la cervelle en quatorze juillet. Rien que du bouquet final, des rideaux étincelants. Le pire en pyrotechnie. Il s'approche de la fille qui le reconnaît faiblement et sourit de même. Malgré les injonctions de Richard qui brandit son flingue sous son nez, ils tombent dans les bras l'un de l'autre. Mila, surtout, s'affale contre lui, toute molle soudain, comme si elle dormait, au point qu'Olive ne sait plus trop quoi faire de cette chaleur qui se colle à lui, jambes entrouvertes sur sa cuisse. Richard essaie de les séparer, il lutte contre leurs bras qui s'accrochent, comme un arbitre de boxe, en grognant des menaces, jaloux de ce corps à corps, de cette valse lente qui dérive en l'entraînant vers le centre de la pièce. Il ne peut rien contre la soudure de ces retrouvailles, et dans sa tête entamée il songe à utiliser l'Uzi comme un chalumeau pour découper ce couple en suivant les pointillés, maintenant ça suffit, parvient-il à dire malgré la rage qui lui visse les mâchoires, et d'un coup en plein visage, il rejette le garçon au loin cependant que Mila s'effondre avec un petit cri.

– Qui c'est ce bâtard ?

Voix très très pâteuse de Tayeb, qui jusqu'à présent regardait la scène entre deux éclipses de paupières.

– Putain, Mila ! articule-t-il plus distinctement.

Il se redresse, parvient à s'asseoir, secoue sa tronche transformée en anneau de vitesse. Le canon de l'Uzi est si près de ses narines qu'il sent son odeur de poudre.

– Vire de là, intime le tueur. Magne.

Tayeb roule sur le flanc, reste un instant sur le ventre. Sa main a disparu sous l'oreiller. Il la ramène sous lui, se contorsionne en gémissant, quitte le pieu en rampant avec la souplesse d'un gros phoque. Pas le temps d'actionner la culasse, d'ôter le cran de sûreté, sans que l'autre lui décalque les neurones sur la tapisserie. Il s'éloigne en titubant, tournant toujours le dos à Richard pour ne pas lui montrer la crosse qui dépasse de sa ceinture.

Quand il se retourne enfin, le branque a saisi Mila sous les bras et la jette sur le lit. Pas le temps de dire ouf qu'il remet les deux garçons en joue.

– Ça sent quoi ici ? L'éther ? Vous vous défoncez à l'éther, bande de pédés ! Toi, tu vas avec le raton dans le coin, là-bas, et tu bouges plus ou je te refais la gueule à coups de crosse.

Olive se traîne vers Tayeb à quatre pattes. Son nez difforme et bleu pisse le sang. Tayeb le tire contre lui, l'aide à se caler contre le mur.

– J'suis stone, mais je vais me le faire, cet enculé, souffle-t-il à Olive. T'as vu ? C'est Mila !

Olive le regarde de derrière son masque de douleur.

– Merde oui, c'est Mila. Ça fait dix minutes. Si t'avais pas été stone, on l'aurait déjà trépané, à l'autre.

– Taisez-vous, les fiottes ! gueule Richard. Il s'allonge auprès de Mila, appuyé contre un coussin. Il tient les deux garçons au bout de son arme.

– Vous bougez rien que pour respirer ou je vous brûle. J'en ai rien à branler, maintenant.

Il les fixe, complètement écarquillé. Il essaie de penser, de concevoir ne serait-ce que l'idée de partir d'ici avant que les flics se pointent, mais ça bloque sévèrement. Il a du mal à se rappeler comment il est arrivé ici. Dans un coin de son champ de vision, à l'orée d'une couronne aveuglante qui l'empêche de voir ses pieds, il aperçoit de Mila le dessin clair d'une cuisse. Du coup il pose une main dessus. Ça lui réveille les instincts. Des sécrétions primitives se déclenchent. Il sent sa queue plantée en bas de son ventre, palpitante et dure comme un gros flingue, et il a envie de se vider par-là, et tout son être ne vit plus que dans ce mauvais sang prisonnier. Il sait aussi qu'à quelques centimètres de ses doigts sont cachées les cavernes qu'il veut remplir à la sauvage, saccager pour s'y répandre jusqu'à l'éclatement.

Il se voit faire. C'est aussi précis qu'un souvenir de cinq minutes. Il imagine même autour de son machin le contact humide et facile des parois qu'il veut envahir.

Puis il distingue de nouveau, derrière le cran de mire, la silhouette des deux garçons tassés au pied du mur.

Il prend l'arme à deux mains, s'aperçoit qu'il ne tremble plus. Geste sûr, précis. Je suis Richard. J'ai vu clamser des mecs, vilain, c'était. Ils coulaient partout, mes deux potes. Voilà, je sais ce qui s'est passé, ça me revient. Ils gueulaient après leurs putains de mères qui les avaient pondus, ils voulaient qu'elles viennent avec leurs gros nichons pour la dernière tétée. Pas humains comme cris. J'en ai canné d'autres. Ça m'a rien fait. Cartons à la foire. Alors. Je massacre ces deux merdes et je la baise. Je la baise. Je pourrai crever, après.

Il se lève. Titube un peu. Brandit le flingue. Alignement œil, canon, cible. Puis il ne comprend pas. Mila se met debout, contemple la scène d'un air affolé, puis cavale vers la porte. On l'entend déjà crier dans les escaliers. Elle va rameuter tout le quartier. Richard effectue une sorte de bond assez lourd, s'entrave dans le lit, trébuche en jurant, puis disparaît à son tour.

La voix de la fille résonne dans les couloirs, lointaine, avec des modulations de sirène d'alarme. Richard débouche sur une coursive longue et sombre.

Le silence s'établit brusquement, il n'entend plus que sa propre respiration d'animal en chasse. Elle a pu prendre deux cages d'escalier. Il balance un coup de pied dans la porte d'un ascenseur, mais ça ne le fait pas venir plus vite. Il choisit l'escalier du fond, court, s'accroche pour virer à la rampe rouillée. Il dévale. Il rebondit à chaque palier intermédiaire contre le mur. Il pousse des grognements, des soupirs, il émet des sons de machine pneumatique.

Les cris reprennent. Il s'arrête pour les situer. Ils pourraient provenir de n'importe où. D'en haut, par exemple. Il s'aperçoit qu'il ne sait plus à quel étage il se trouve, et remonte quatre à quatre. Il fait le gros dos, on dirait un gros cafard qui s'est perdu. Un cafard fou comme une guêpe coincée entre vitre et rideau.

Tayeb et Olive se sont propulsés hors du bunker avec un temps de retard. Olive très inquiet de son nez qui saigne sans arrêt, ahuri par la douleur qui lui serre la face comme un masque cloué. Tayeb a armé le pistolet et fonce sans un mot, en poussant juste un geignement, à cause de l'effort, à cause de la migraine qui écrase les plis de son cerveau, repasseuse acharnée. Ils prennent la cage d'escalier centrale sans s'être concertés, sans savoir pourquoi. Olive parvient à crier le nom de Mila, trois ou quatre fois, d'une voix étranglée qu'il est probablement le seul à entendre. Confidentielle démence. Il n'imagine plus que le massacre qui s'organise quelque part sur les marches, sous eux. Ce fumier avec tous ses flingues lancés aux trousses de Mila. Un vertige le fait chanceler, il se rattrape de justesse à la rampe, il se laisse tomber au pied d'une porte condamnée, appartement 907, au-dessous d'une énorme bouche rouge en train de pomper un dard gigantesque. Il respire trois fois et redémarre en ignorant la fresque.

Tayeb ne l'a pas attendu. Au bout d'une vingtaine de marches, il est stoppé net par un silence compact, au point qu'il entend presque dans sa poitrine les bruits chaotiques de sa vie qui grouille et se bouscule. Il pense à une foule noire qui se battrait confusément pour sortir d'un cinéma en flammes.

26

C'est la première fois que je participe à une chasse à l'homme. À midi, la radio a donné la nouvelle de la fusillade et de la fuite d'un des tueurs, avec le bilan, quatre morts et trois blessés. Puis le mec derrière son micro a embrayé sur la chasse à l'homme qui mobilise tous les services de police de la ville. Et deux minutes après, pendant ce qu'il a appelé le briefing avec le préfet, le colonel de gendarmerie, des officiers de CRS et le chef du GIPN, le commissaire Etchart a parlé à son tour de chasse à l'homme, de nasse, de plan Épervier, de souricière. Vachement imagé, comme dispositif. Manque plus qu'un siffleur en cuissardes imitant la bécasse. Surtout que les pièges, le commissaire les monte tellement bien qu'il se prend les doigts dedans. Le genre à poser des collets et à s'étrangler avec. Cazeaux et moi on a écouté leurs palabres d'une oreille assez distraite, en pensant aux deux collègues plombés au parabellum. Ils ont mis pas moins de cent vingt hommes sur le coup, et leurs petits points rouges piqués dans le plan de la ville, c'était beau comme la Tempête du Désert. Cazeaux s'est demandé à mon oreille si les RG allaient jouer les chasseurs furtifs, tout mariolles qu'ils sont. Je n'ai pas trop aimé qu'il se penche vers moi en me diffusant dans les narines le flux de sa mauvaise haleine.

Vers treize heures, on pouvait enfin sortir et regagner la voiture. On a tourné un peu en ville, sans but, à épier la fréquence d'alerte. J'avais envie de rentrer chez moi, de prendre une douche, de me taper ensuite une bière glacée à la santé de la Police nationale et du branque en cavale armé comme le croiseur Saratoga. Et de passer un coup de fil à Daniel pour qu'il laisse ses malades et vienne me parler, me dire enfin des choses rassurantes, m'expliquer que cette autre n'est qu'une chimère et qu'on ne baise pas les chimères, ou sinon c'est de la branlette, du solitaire cracra, je vais pas être jalouse de la veuve poignet, fût-elle déguisée en poufiasse sexy. Et surtout qu'il vienne m'honorer de ses fluides. Merde, alors qu'on était bloqués près de la gare dans un embouteillage, j'ai eu entre les jambes une envie de lui qui m'a presque brûlée, et j'ai dû serrer les cuisses, comme une catcheuse qui veut étrangler son adversaire dans une prise au sol, pour que ça me passe un peu. J'étais sûre qu'une bonne séance de corps à corps torride, avec sueur et pénombre, effacerait la semaine de malaise qu'on avait passée. J'attendais sans trop y croire un appel qui lèverait le dispositif de guerre et nous renverrait chez nous jusqu'à la prochaine.

Il y a eu un appel, alors qu'on revenait sur le cours de la Marne, au cul d'un semi-remorque qui s'était perdu dans le quartier. Mais pas celui que j'espérais, rêveuse que je suis.

C'était chaud sur la ligne. La 406 du dingo avait été repérée sur le quai de Bacalan, se dirigeant vers le nord. Pas de poursuite ou d'interception tentée. Il y avait une fille avec lui. Le mot d'ordre a été donné : il a une otage, on suit, on ne tente rien.

– Roule, je dis. Prends les quais.

On met le gyro deux tons et on double ce gros con de routier en train de réinventer le bouchon. Cazeaux me demande où on va. Vers le nord, je lui réponds. Comme on t'a dit. Il s'inquiète des instructions d'Etchart.

– Fais pas chier avec Etchart.

La radio de bord nous annonce que le tueur vient de se garer à proximité de la Cité lumineuse. Il sort en soutenant l'otage. J'interviens pour demander qu'on nous la décrive. C'est la fille de Dolorès Almayerda.

– La jolie fille sur les photos, j'explique à Cazeaux qui a du mal à synthétiser. Celle qu'ils ont récupérée le soir où.

On se retrouve vite fait sur les quais sans plus rien dire, avec autour de nous le raffut du deux-tons et le bourdonnement des paquets d'air qui nous giflent la figure. En cinq minutes, on est en bas de la Cité lumineuse, où attendent déjà plusieurs voitures rameutées là par radio. J'avise un chef de patrouille qui parle fort dans un téléphone. Il me salue d'un signe de tête, l'air absorbé dans sa communication.

– Il est là-haut, dans les étages. Y a un vieux qui l'a vu monter avec la fille. Le Central dit de ne rien faire. On attend des renforts. Etchart, enfin… le commissaire… arrive.

Il m'explique ensuite qu'il a posté des hommes au bas des trois cages d'escalier du bloc D, où se trouve le dingue. Je m'aperçois qu'on ne connaît toujours pas son nom.

– C'est tout muré, les appartements, intervient un vieux type qui porte à la main un panier en osier plein de tomates. Avec des plaques de fer, il continue. Soudées faut voir comme. Y a plus que le 821 et le 918 qui sont occupés, par des vieux comme moi.

On le remercie, et il s'éloigne un peu pour aller s'installer sur un banc de béton où on a tagué VIVE SADDAM.

– Les gens sont chez eux ? demande Cazeaux au chef de patrouille.

– J'en sais rien. On peut pas aller voir, on risque de se retrouver nez à nez avec le mec.

– Merde, des vieux. Il a dû se planquer dans un des apparts, en déduit Cazeaux.

On se demande pendant deux minutes ce qu'on pourrait faire, puis je rappelle le vieux, qui semble s'être assoupi sur son banc. Il se lève vivement et trotte vers nous.

– Comment ils s'appellent, ces locataires ? Vous le savez ?

– Harriot et Colin. Je les connais bien, ils sont à l'association de défense, rapport aux expulsions qu'on nous prépare.

– Appelez-les, je dis au flic.

Comme il paraît désemparé, je m'énerve un peu.

– Les renseignements. Le 12. Prenez de quoi écrire.

Le flic bougonne, cependant qu'au loin arrive la cavalerie : deux cars de CRS et une voiture de commandement, d'où jaillit Etchart.

– Putain de putain, fait-il en approchant.

Il lève les yeux vers le mur de béton, puis nous demande si l'immeuble a été évacué.

– Non, je réponds. On n'a pas eu le temps de prévenir les habitants de l'arrivée imminente d'un tueur armé jusqu'aux dents.

– C'est ça, faites de l'humour, grogne-t-il en s'épongeant le front. Vous faites chier, Ducasse.

Pendant qu'on papote, d'autres équipes débarquent. Des inspecteurs qui sortent de leur coffre des fusils à pompe et des gilets pare-balles. Le GIPN arrive à bord de son fourgon. Six hommes, déjà casqués, équipés de fusils d'assaut, en sautent avec souplesse, la ranger bien cirée, le jarret ferme. Et tout ce petit monde caparaçonné n'a qu'un geste : lever la tête vers les alignements de fenêtres aux volets tous clos, comme si on allait leur demander d'en faire l'ascension à mains nues.

– Ça répond pas chez les locataires, m'informe le flic qui téléphonait.

– De qui il parle ? demande Etchart.

La coordination des initiatives est assez floue, je me sens de plus en plus mal à l'aise, j'en ai plein le cul de cette parade militaire devant cette cité fantôme, en plein pic du soleil. J'informe mon supérieur, comme il convient. Je lui fais valoir le danger encouru par les locataires isolés qui habitent encore le bloc où se planque le tueur. Je fais mon devoir, vachement pro. Mais ma voix tremble ! J'ai envie de tous les planter là, surtout quand je m'aperçois, ô surprise, que je suis la seule femme. L'officier du GIPN n'entend que la moitié de ce que je dis, alors il s'approche d'un air catastrophé.

– Comment vous dites ? Des locataires là-dedans ?

Je le branche sur la fréquence d'Etchart, et je m'éclipse un peu plus loin. Un inspecteur charge son fusil de cartouches bleues, clope au bec, et je lui demande s'il a de quoi fumer.

– Dans la bagnole, sur le tableau de bord, il dit, sans s'interrompre.

Il manie le calibre 12 comme s'il s'agissait d'une canne à pêche. Une cartouche rebondit sur le sol. Drôlement entraîné à la guérilla, le collègue. Si on doit progresser dans des escaliers ou des couloirs, je le veux à vingt mètres devant. Il est équipé pour la chasse à l'éléphant, mais il en raterait un dans un corridor. Je reviens vers lui pour le remercier. Il est en train de fourrer des munitions dans sa poche de blouson.

– T'as l'intention de tout dépenser ? je l'interroge.

Il ne comprend pas tout de suite. C'est décidément un problème, aujourd'hui, ces transmissions défaillantes entre flics. Il n'y a que les bastos qui n'ont pas de retard à l'allumage. Pendant ce temps, toutes sortes de véhicules ne cessent de déverser de la flicaille supplémentaire qui prend possession des carrefours, des pelouses, des bosquets. J'en vois même qui en profitent pour soulager leur vessie de la bière ingurgitée avec le casse-croûte de midi. Cette chaleur, ça fait drôlement pisser. À part ça, tout ce beau monde discute calmement, portant négligemment l'arme à l'épaule. On entend des éclats de rire, des apostrophes de types surpris de se retrouver là, en ces circonstances. Des nouvelles des enfants, des vacances futures, s'échangent. Ça cause mutations. On se croirait à une sorte de congrès syndical. Je les regarde tous, et, à part chez Etchart et les gars du GIPN, je ne décèle guère d'inquiétude, ou d'appréhension. Ces gens sont venus faire leur job, et ils attendent tout bêtement que ça commence ou que ça se termine, sans états d'âme. Moi, j'ai le cœur qui tressaute, et je transpire comme une entrecôte sur le grill. Je lève les yeux au ciel, dont pourtant il n'y a rien à attendre, et une surface aveuglante m'appuie sur les yeux, et le fond de mon estomac se soulève, se met en boule, et j'ai l'impression d'avoir avalé des serviettes de table souillées sans avoir défait les nœuds. Derrière moi, j'entends la voix du commissaire :

– Si seulement on pouvait s'assurer de ces vieux dans leurs appartements.

Je me retourne vers lui. Il n'est plus qu'un masque rougeaud et luisant de sueur. Il me regarde avec l'étonnement accablé de l'amnésique récent. Le temps que je cherche quoi lui dire, il me tourne le dos et s'éloigne vers un command-car de CRS. Je repense à Daniel. Ou du moins j'essaie de penser à lui, de retrouver des sensations, comme disent ces cons de sportifs, mais son image ramollit à vue d'œil, et j'aime pas du tout quand Daniel se défait de la sorte. Motte de beurre en plein cagnard. J'essaie de faire quelques pas, parce que j'ai l'impression d'être soudain collée à un sol qui entre lentement en fusion. Sous mes pieds tout semble mou, et je ne sais plus si mes jambes sont de guimauve ou si le goudron de la chaussée se transforme en réglisse liquide. Je sens que je vais vomir, et je dois m'appuyer sur le capot d'une voiture où le mot POLICE se lit à l'envers. Le temps que mon cerveau décortique l'effet de miroir, je me retrouve à quatre pattes, nez à nez avec la calandre. Quelqu'un me demande si ça va, et je m'entends répondre que oui, j'ai seulement perdu une boucle d'oreille. Je me débrouille pour me relever rapidement en portant une main à mon lobe, et dès que j'atteins mon altitude normale, le vertige me reprend. Du coup, en tâchant d'y voir clair, parce qu'autour de moi l'armada policière évolue dans un flou peu artistique de mouvements et de couleurs, je me demande si par hasard je ne serais pas enceinte. Je me tâte le ventre instinctivement, des fois qu'une vie clandestine aurait commencée de s'y blottir et y bougerait déjà. Merde à la pilule, si c'est ça. Et bienvenue, pourquoi pas ?

– Tu veux boire un coup ?

Cazeaux me tend une grosse bouteille d'eau gazeuse. Merci camarade. J'en assèche la moitié, et je reprends immédiatement le contrôle de mes circuits vidéo. J'arrive même à zoomer sur l'air inquiet de mon collègue.

– Qu'est-ce que t'as ? T'es vachement pâle.

Je lui dis rien, la chaleur, le soleil, et puis ce qui est arrivé ce matin. Ça va passer. Je marche un peu. Le sol a retrouvé sa consistance habituelle. J'avise dans la voiture le chef de patrouille qui téléphonait tout à l'heure aux vieux peut-être coincés chez eux. Il a ôté sa casquette et s'évente, les pieds dehors, avec une liasse de feuilles.

– Vous avez les numéros des apparts ?

Il tend le bras vers le siège du conducteur et me passe un papier.

Huitième et neuvième étages. Dans les deux cages d'escalier latérales.

Je m'éloigne en repliant la feuille dans ma poche. Cazeaux me demande où je vais, très père-poule. Je lui réponds que je vais juste faire un tour de l'autre côté de la cité, au bord de la Garonne. Il me rattrape en courant et me refile un petit talkie-walkie.

– Reste à l'écoute. Les chefs sont en train de phosphorer, ça va pas tarder à démarrer.

D'accord. Je bidouille l'appareil, et, dès qu'il a le dos tourné, je l'éteins. Arrivée à l'entrée du bloc, je montre ma carte aux deux flics de faction.

– Le commissaire m'a demandé de faire un tour, je leur explique.

L'un d'eux me propose de m'accompagner, mais je lui fais valoir qu'il sera plus utile ici pour stopper le tueur si jamais il se pointe. Ça a l'air de le convaincre, et il se redresse imperceptiblement, vachement plus motivé.

Dès que je commence à gravir les marches, j'ai froid. Sous ma main court une rampe de fer rugueuse de rouille. Il fait sombre. De grandes vitres s'ouvrent sur chaque palier, mais on dirait que la lumière aveuglante du dehors ne parvient pas à s'imposer ici. Quand je prends pied sur le premier couloir, au deuxième étage, je m'arrête sur ce long corridor bordé de portes condamnées. Les unes murées de parpaings, les autres obturées par des plaques d'acier soudées au chambranle. On se croirait dans une maison d'arrêt désaffectée. J'essaie d'imaginer ce que ça pouvait donner avec des gens dedans, je veux dire des habitants, et non des détenus, et j'ai du mal. L'idée que pendant trente ans des gosses ont pu courir dans ces couloirs et ces escaliers en sonnant aux portes, que de braves ouvriers sont sagement rentrés le soir après l'turbin s'empiler dans leurs boîtes en béton me paraît saugrenue. Je peux mettre ça sur le compte de mon éducation de fille d'instits : les seules cages à lapins que j'ai longtemps connues se trouvaient au fond du jardin, à côté de la balançoire. Et mon père chaque soir me racontait leurs aventures interstellaires pour m'endormir. Pourtant, des lieux sordides, quand on est flic, on en visite pas mal.

J'en suis là de mes réflexions sociologiques quand éclatent ces cris, au-dessus de moi. Les cris d'une femme, ou d'une fille. Suivis de hurlements rauques. Impossible de situer ça dans les étages. Mon cœur se transforme en paquet convulsif, et je prends mon flingue comme si c'était une baguette magique.

Je monte ces putains d'escaliers en essayant de garder l'esprit clair, et d'oublier la transpiration qui m'aveugle.

Je monte. Je ne sais pas trop vers qui ou quoi. Et je n'ai même pas envie de le savoir.

27

Olive descend les marches pas à pas, sa fronde tendue devant lui, où se loge une bille qui lui mâche les doigts. Les cris ont cessé mais il aimerait les entendre. Savoir que Mila respire encore, même pour hurler sa terreur. Il sait maintenant très bien ce qu'il va faire : incruster la bille de verre dans le front de ce type, lui greffer un œil monstrueux, et partir avec Mila. C'est simple. Il va la prendre par la main et lui parler doucement, et marcher longtemps avec elle au bord d'une route où passeront en trombe des voitures puissantes. Au loin grondera peut-être un orage qui s'allumera vraiment avec la nuit. Il voit très bien la scène. Une route droite au cœur d'une plaine infinie. Ils se réfugieront au petit matin dans une bicoque abandonnée et ils dormiront l'un contre l'autre. Il lui embrassera les cheveux. Il ne la touchera pas, oh ! non. Il la tiendra seulement contre lui, il sentira son odeur, s'endormira avec cette promesse. Spectateur de son propre film, il manque de rater une marche comme si l'obscurité s'était faite autour de lui. Il lâche sa fronde, se raccroche à la rampe, tombe à genoux. Il ne perçoit pas tout de suite le souffle plaintif qui erre dans le long couloir où il est arrivé.

Mila est assise là-bas, adossée à une porte condamnée, la tête contre les genoux. Sa silhouette se tasse dans une lumière incertaine. Il essaie de l'appeler mais sa voix se contente de grincer dans sa gorge. Il boitille vers elle en tâchant de prononcer son prénom, un peu comme une formule magique capable de la faire se lever et marcher. Elle redresse enfin la tête, la masse folle des cheveux remue lourdement.

Mais ce n'est pas lui qu'elle regarde.

Richard bondit sur le carrelage râpeux du couloir et se reçoit à quatre pattes. Il pousse un juron parce qu'il s'est coincé les doigts sous la crosse de son arme. Il voit la fille, à dix mètres de lui. Ses cuisses, surtout, à cause de la jupe retroussée. Le reste est dans l'ombre, mais il imagine bien. Il se met à courir dans sa direction, il ne voit rien d'autre que ce qu'il veut, il ne peut pas deviner le caoutchouc qui se tend à l'autre bout de la coursive à l'extrémité de ce bras maigre, raide au point de se rompre. En approchant, il distingue le regard écarquillé de la fille, sa bouche ouverte en un cri muet, ses mains qui le repoussent déjà. Et au moment où il va l'atteindre, il entend un grand bruit dans sa tête. Comme une porte qui claque. Il reste une seconde ou deux encore debout, à chercher d'où vient le courant d'air, puis ne sent plus ses jambes, redoute soudain d'être devenu cul-de-jatte, tombe par terre sans lâcher l'Uzi. Comme il est sur le dos, il guette au plafond une improbable explication, puis essaie de rouler sur le côté pour y voir mieux. C'est là que ça le prend. On lui a mis un casque lourd sur la tronche, et on tape dessus à coup de marteau. Il se débat pour choper l'ordure qui s'acharne, mais ses battoirs ne rencontrent rien autour de lui. Restent les bons réflexes. Il balance une rafale au jugé, droit devant, et attend que ça crie de douleur, ou que ça meure en silence. Rien. Il parvient tout de même à se redresser un peu, à se traîner contre un mur à quoi il s'appuie et arrive même à s'asseoir. Il constate de la main qu'il saigne, qu'il en a plein la figure, et dans son cerveau bloqué par les alarmes, la peur et la rage se marchent sur les pieds pour trouver la sortie. Quand il tourne la tête, il aperçoit la fille qui court vers une ombre, là-bas. Il lève le canon et vise l'ombre. Il croit pouvoir se fier encore à ses dons de tireur d'élite. Ça part violent en lui secouant le bras, et il voit les deux silhouettes se jeter l'une contre l'autre puis se coucher au sol. Après, tout devient flou, et il perd la mémoire, et il ne sait plus pendant quelques secondes ce qui vient de se passer.

Tayeb s'arrache en entendant les coups de feu. Il est au cinquième étage, ça vient d'au-dessus de lui. Il fait le dos rond en grimpant les marches. Gros insecte speedé. De la migraine entre les antennes. Surdose de fly-tox. Arrivé sur le palier du septième, il se laisse tomber à genoux et se prend la tête entre les mains. Le canon du pistolet, froid et dur, lui donne l'illusion de le rafraîchir. Il n'a plus de souffle. Plus de muscles. Il regarde vers la fenêtre pour s'assurer qu'il fait bien encore jour, tant l'obscurité envahit tout. La seconde rafale le fait tressaillir, et il se traîne dans l'escalier, se tirant vers le haut des deux mains sur la rampe. Et là, il tombe sur une paire de jambes immobiles. Quand il lève le nez, le trou noir d'une arme le regarde. Au fond du barillet, les balles luisent un peu. Derrière, une femme. Flic. Brassard orange. Elle lui dit quelque chose qui résonne confusément, et il recule, manque une marche, bascule en arrière. Il croit que sa tête explose contre le mur qui le reçoit, il croit qu'il va mourir en éclatant là comme un fruit. La femme n'a pas bougé. Elle le braque toujours, elle lui parle, elle a l'air effrayée.

Une femme. C'est pas pareil. Il aurait préféré un bon gros con ordinaire, comme à la télé. Il sent faiblir sa détermination sous les coups redoublés de la douleur qui lui cisaille le cerveau. Et soudain, il sent le pistolet sous sa main. Il lève le bras avec effort, et aligne la flic au moment où elle commence à descendre vers lui. Il entend distinctement le chien qu'elle arme.

– Lâche ça, elle lui dit. Arrête ces conneries.

Son bras retombe. Il a beau donner tous les ordres qu'il faut, serrer la crosse, fermer un œil, stabiliser le cran de mire, presser sur la détente, rien à faire. Ça n'obéit pas. La femme est à deux mètres de lui, à peine. Elle tend la main vers lui :

– Donne.

Ses doigts laissent glisser le flingue au sol. La nana se baisse, s'apprête à le ramasser, et il fonce. Tête la première, il la bouscule, la renverse, continue de forcer sur elle comme pour entrer dedans. Il remonte son genou entre ses jambes, elle pousse un cri, lui tarabuste les flancs, il ne sent plus rien que la migraine de sa tête transformée en caillou avec quoi il frappe la femme au visage. Entre deux coups, il voit du sang, la face défigurée.

Sur sa droite, il perçoit quelque chose qui fonce vers lui, et ressent une secousse illuminée qui le soulève du sol. Au second choc, des blocs de nuit tombent devant ses yeux, et il s'écroule sur le côté, et il se met à vomir, vomir, avec des plaintes d'enfant triste.

28

Il reçoit tout sur lui : le corps de Mila, projeté en avant par les impacts, et le sang, et ses cheveux qui le bâillonnent. Il ne comprend pas tout de suite ce qui se passe, il sait seulement qu'il étouffe sous ce poids et serre instinctivement la fille dans ses longs bras sans même entendre son souffle court, la plainte sourde qui s'échappe d'elle tout près de son oreille, à cause du fracas des coups de feu dont ses tympans résonnent encore. C'est lorsqu'il la sent trembler, puis se raidir, puis s'agiter de sanglots, qu'il pressent le malheur. Il essaie de la regarder, écarte son visage du sien, et voit sa bouche entrouverte qui bave du sang et se tord de douleur. Il lui parle doucement, il l'assure que ce n'est rien, juste une blessure, un mauvais moment qui passe en bousculant tout. Mais le regard de Mila ne voit plus rien, fixe et vague, comme bloqué dans la contemplation du sol, et Olive se dégage, s'accroupit, soulève le corps inerte et embrasse le visage blême, la bouche sanglante, les cheveux emmêlés. Soudain, il la repose délicatement, il murmure je reviens, et marche à grands pas vers le tueur. L'homme s'est traîné contre un mur, laissant l'Uzi à ses pieds. Il a, au-dessus de l'œil droit, dans le front, le trou rond, enflé et mâché, où la bille s'est fichée tout à l'heure. La moitié de sa figure est gonflée, bleuie, barbouillée de sang. Il regarde Olive approcher en battant des paupières, et tente de prendre à sa ceinture un automatique noir. Le garçon lui shoote dans la gueule. Choc de la tête qui rebondit contre le mur. Richard essaie de se redresser, puis s'affaisse en grimaçant. Olive lui prend le pistolet. Il examine l'objet avec méfiance, il actionne la culasse comme il a vu Tayeb le faire, puis met le cran de sûreté.

Il revient vers Mila en glissant l'arme dans une grande poche de son pantalon.

Il soulève la fille en soufflant. Ses bras vont s'arracher de ses épaules. Sa longue carcasse va se rompre en trois. Mila est effondrée contre lui. Il porte sa mariée de chiffon. Il laisse aller sa tête transformée en ruche folle contre la figure de la morte, et il lui dit des choses qu'il n'a jamais dites. C'est plein de clichés très sombres, de mots d'amour sous-exposés. Il monte les escaliers. D'abord lentement. Ça semble assez solennel. On voit ça à la fin de certains opéras. Mais des gouttes de sang tombent sur chaque marche gravie, et le long d'un bras ballant de Mila, deux fils écarlates descendent jusqu'aux doigts. La respiration s'extirpe des poumons du garçon en gémissant. Il monte ainsi plusieurs étages. Plus vite, les yeux presque fermés. Il ne sent plus l'effort, il n'est plus qu'un assemblage, d'os apparents et de muscles durcis qui avance. Il parle encore à la morte, il essaie d'être rassurant, il s'oblige à sourire, il se dit que ça peut lui faire du bien. Berceuse essoufflée.

Sur le palier central du quinzième étage, il y a une trappe. On grimpe à l'échelle accrochée au mur, et on déverrouille facile en tirant fort sur une grosse targette. C'est ce qu'a fait Olive. Après, il a repris Mila dans ses bras et l'a hissée comme il a pu vers la terrasse. La tête de la fille a heurté un montant de la trappe et c'est lui qui a geint, et c'est à ce moment-là qu'il s'est mis à pleurer. Après l'avoir couchée au pied d'une grosse cheminée de béton, il s'est inquiété du choc, il a caressé son front, elle n'avait rien. Il s'est couché près d'elle.

Il a été réveillé par le claquement de la trappe qui s'ouvrait. Il a bondi sur ses pieds, il a braqué l'automatique noir sur la tête qui était apparue. Il a ôté la sécurité, et a appuyé sur la détente. Hurlement. Il a tiré encore deux fois. Il les a insultés. Puis il s'est approché du trou et a encore tiré une balle pour se couvrir, il a rabattu la trappe et l'a bloquée avec des bouts de ferraille qui traînaient là. Il s'est alors approché du garde-fou et a jeté un coup d'œil en bas. Les flics couraient partout, c'était plein de voitures, tout était minuscule. Au loin, la chaleur poudroyait sur la ville. Une brume sale flottait à mi-hauteur au-dessus de la multitude d'immeubles. Il regardait tout ça et ne pensait à rien. Son esprit se contentait d'enregistrer les sensations et de les effacer aussitôt. Il n'était plus qu'un grand silence déserté par les habituels bourdonnements d'insectes de la peur. Il ne s'en étonnait pas.

Il est revenu se coucher auprès de Mila en gardant les yeux bien ouverts sur le bleu du ciel qui devenait plus dense et plus profond. Il ne fallait pas dormir, parce que les autres, sinon, le surprendraient et viendraient la lui prendre. Il avait envie que la nuit arrive vite parce qu'il voulait voir des étoiles, et la course des sorcières sur leurs balais. Elles aussi tenteraient de lui prendre Mila pour l'emmener dans le noir. Il a serré dans son poing le pistolet en se demandant s'il pourrait tuer les fées Carabosse avec, ou si elles se boucheraient en ricanant les dents creuses avec les balles qu'elles stopperaient rien qu'en les regardant arriver.

Plus tard, il a été tiré de son assoupissement par le vacarme d'un hélicoptère qui s'est mis à tourner à trente mètres au-dessus de lui. Il a brandi son arme et mis en joue l'appareil, qui s'est éloigné d'un brusque écart. Ils allaient venir, il le savait. Il s'est demandé combien il serait capable d'en tuer. Il s'est également demandé si c'était très intéressant comme idée.

Il a posé le pistolet puis a pris dans sa poche le stéthoscope. Il s'est penché vers Mila dont la pâleur était atténuée par l'ombre de la cheminée. Son chemisier était maintenant amidonné de sang brun, et il l'a déboutonné lentement. Dessous, elle n'était pas nue. C'est pourquoi il n'a pas vu la beauté parfaite des seins, que les balles avaient épargnés. Mila était habillée de cratères sombres et luisants qui avaient coulé tout autour et dont l'éruption s'était figée en souillures qui marbraient sa peau. Il a alors enlevé sa chemise et l'a humectée de salive, puis il a nettoyé le corps à petits coups délicats. Par moments, il ne pouvait s'empêcher d'épier sur le visage immobile les signes d'une douleur. Il contournait le souffle suspendu les plaies déchirées, leurs bords tuméfiés. Souvent, il ne respirait pas.

Quand il a eu terminé, il a posé le tympan du stéthoscope au-dessus de la poitrine, juste à côté d'un trou boursouflé. Il a écouté. Il n'y avait rien à entendre. Mais en fermant les yeux, il commence à se sentir marcher sur un sol mou, spongieux, dans une vaste canalisation aux parois luisantes. Alors qu'il espérait percevoir au loin le battement lourd du cœur, résonne devant lui un bruit de pas précipités, et un cri bref. Au détour d'un embranchement, il aperçoit, qui enjambe des flaques de boue rougeâtre, la silhouette de Mila courant vers lui. Il se lance à sa rencontre, mais ses jambes refusent d'accélérer. Il pourrait la rejoindre en quelques pas, mais l'écart entre eux ne se comble pas. Puis d'un coup, il la voit mieux. Elle le regarde sans sourire, se rapprochant imperceptiblement. Quand elle se trouve à une vingtaine de mètres, elle semble courir plus vite, mais quelque chose de terne et pulvérulent la couvre de gris. Elle se désagrège à chaque foulée, au seul souffle de sa course. Olive crie, tente de se jeter vers elle pour empêcher ça. Il tombe à genoux dans un tas de poussière lourde. Il fouille de ses mains, malaxe des poignées de sable noirâtre, comme s'il pouvait la remodeler. Il s'affale face contre le sol. Le choc le réveille.

Une masse noire s'interposait entre lui et le bleu du ciel.

– Ne bouge surtout pas, a dit une voix. Laisse tes mains où elles sont.

Ses mains, Olive les avait juste posées sur la poitrine de Mila. Il ne savait pas ce qu'elles faisaient là. Alors, au lieu de chercher à comprendre, il a tourné le dos à la silhouette et s'est couché sur la morte. Là, il n'était pas près de bouger, oh ! non, maintenant je reste avec toi, ils ne peuvent plus rien nous faire.

29

J'ai dû assommer ce petit con à coups de crosse. J'ai bien vu le moment où il aurait le dessus, énervé et costaud comme il était, et j'avais la trouille qu'il se serve de son arme, persuadée qu'il pouvait aussi bien la retourner contre lui-même que me vider le chargeur dans le bide. Bon. Je l'ai jouée un peu brutale, mais c'est lui qui a commencé, et j'en ai pris moi aussi plein la gueule. Encore aujourd'hui, deux semaines après, je me fais peur quand je me regarde dans une glace. Je ne vais pas faire la liste, mais en gros, entre les dents qui manquent à l'appel, les lèvres fendues et enflées, et l'arcade sourcilière ouverte, je ressemble à Quasimodo battu sur jet de l'éponge par un Mike Tyson en grande forme. Quant à mon corps juvénile, on dirait un gros morceau de bleu d'Auvergne.

Après, je l'ai laissé K.O. sur ce palier qui sentait la pisse, et j'ai grimpé comme j'ai pu deux ou trois étages. C'est là que je suis tombée sur Richard Leroy, le branque après qui on cavalait. Il n'était pas très beau à voir. Plutôt mort, en fait. Il respirait vite, comme pour rattraper je ne sais quel temps perdu, et il articulait des trucs incohérents. Il avait la tête enflée, avec au-dessus des sourcils un trou bien rond et bombé, provoqué par l'impact d'une bille de verre tirée à la fronde, comme on l'a constaté plus tard. Il y avait près de lui un de ces pistolets rafaleurs très compacts, un Uzi, m'a dit Cazeaux plus tard, au cas où ça m'aurait passionnée. Le temps que je me retourne, le couloir était envahi par des flics de toutes catégories qui se sont jetés sur moi pour me demander si j'allais bien. Je les ai envoyés se faire dorer, et je leur ai indiqué que la fille était encore dans le bâtiment, puisque je l'avais entendue crier. Le commissaire Etchart m'a murmuré en passant que je devrais rendre des comptes sur mon attitude et mes actes, et je lui ai répondu que c'était quand il voudrait. Je n'en avais plus rien à battre, de toute façon. Il est allé se concerter avec les autres, et les types du GIPN sont partis en reconnaissance, équipés comme des astronautes.

C'est un quart d'heure plus tard qu'on est tombé sur le squatt où les gamins se retrouvaient, et presque au même moment, alors qu'on explorait leur antre, on a entendu deux coups de feu et le hurlement du collègue qui a pris une balle en pleine tête. Il venait de passer le nez par la trappe qui ouvrait sur le toit. Le temps qu'on se précipite, une autre balle a été tirée, apparemment au hasard, et c'est là que j'ai pris un éclat de béton dans l'œil et que je suis tombée dans les pommes.

Le reste, Cazeaux est venu me le raconter à l'hôpital. Le môme, transformé en zombie, un stéthoscope vissé aux oreilles, qui se trouvait sur le toit avec le cadavre de la fille. Il paraît qu'il dormait quand les flics sont arrivés sur lui, et que pour toute réaction, il s'est couché sur elle quand on a voulu le neutraliser. Depuis, il est demeuré mutique, ou presque, il se contente de demander des nouvelles de la fille. Il a fallu l'hospitaliser en psychiatrie, les toubibs parlent d'état de choc, ou même de psychose, ils disent qu'il faut attendre, qu'il peut très bien revenir à lui ou continuer de couler dans sa nuit personnelle. Quant au jeune Tayeb El Mestari, il a avoué le meurtre du dealer gitan en expliquant qu'il avait fait ça pour se procurer une arme et tuer un flic, rapport au passage à tabac et à l'expulsion de son père.

Voilà l'affaire. Un vrai sac de nœuds. Coulants, bien sûr. Avec au bout quelques chats qui s'étranglent. Comme des cons, on n'avait rien vu venir, rien compris. Dès que j'ai pu, j'ai rédigé à Etchart une chouette lettre de démission. Il m'a fait répondre que ça ne me dispensait pas de justifier mon intervention ce jour-là. Je verrai bien ce que le juge me demandera. L'action en force qu'avait prévue le commissaire aurait abouti à un bain de sang plus grave encore, vu la disposition des lieux, cette vieille Cité lumineuse aux corridors étroits, cette espèce de mausolée monstrueux. On devrait transformer ça en attraction pour amateurs de sensations fortes : un compromis entre le train fantôme, la maison hantée, et le labyrinthe. Parcouru par un minotaure dément armé jusqu'aux burnes. Je suis sûre qu'on trouverait les clients et les respectables golden-boys chargés de ramasser les dollars, bientôt promus managers de l'année. Je sens que je vais me recycler comme conseillère technique.

Daniel m'a rendu visite à l'hosto, le premier jour. Il était tout pâle, il a vachement hésité avant de m'embrasser. Comme il avait dû passer se renseigner auprès de ses confrères, qui ne savaient alors, pas plus qu'aujourd'hui, s'ils parviendraient à m'éviter le charme douteux des borgnesses, il parlait d'un ton plaintif comme si c'était lui qui se trouvait à ma place. Pour mettre fin à son cirque, je lui ai demandé si elle allait bien, l'autre. Il a semblé à peine surpris, il a même trouvé le courage de sourire. « Il faudra qu'on en reparle, il a dit. Quand tu iras mieux. C'est pas trop le moment, je crois. »

Je lui ai demandé de se casser. De me foutre la paix. Il est sorti de la chambre lentement, comme à regret. Puis il s'est retourné et m'a dit qu'il m'aimait. Qu'on se retrouverait. J'ai réussi à rire. C'est ça, ai-je pensé.

Mon œil.

RÉALISATION : NORD COMPO À VILLENEUVE-D'ASCQ
IMPRESSION : CPI FRANCE
DÉPÔT LÉGAL : MARS 2020. N° 143196 (3037333)
IMPRIMÉ EN FRANCE